Sillage

W0328792

L'autrice

Joanne Richoux est née en 1990, en région parisienne. Elle a grandi dans la campagne auvergnate puis a suivi des études de psychologie, à Grenoble. Aujourd'hui, elle vit en Bretagne, où elle se consacre à l'écriture. Elle est l'autrice de plusieurs romans pour adolescents chez Actes Sud junior, Gulf Stream ou Sarbacane, notamment *Les Collisions*, *PLS*, *Virgile & Bloom*, et *Désaccordée*. En 2022, elle publie son premier roman à destination d'un public adulte, *La Peau des filles*, aux éditions Actes Sud.

JOANNE RICHOUX

Sillage

POCKET JEUNESSE
PKJ·

Directeur de collection :
Xavier d'Almeida

Loi n° 49956 du 16 juillet 1949 sur les publications destinées à la jeunesse : janvier 2023

Copyright © 2023, Joanne Richoux
© 2023, éditions Pocket Jeunesse, pour la présente édition.

ISBN 978-2-266-32071-9
Dépôt légal : janvier 2023

À Mamie,
et sa Bretagne mouillée.

À Xavier,
Tant pis pour nos insomnies.

À mes jolis garçons,
Embrassés sous la pluie ou sur des toits,
Je crois vous humer parfois,
Dans la rue ou sur une peau inconnue.

« Faire un parfum, comme faire l'amour, exige de la technique et une certaine connaissance de la magie noire. »

Denyse Beaulieu,
Parfums, une histoire intime

« Si j'étais vraiment en vie, je l'aurais entraîné hors de ce métro et je l'aurais assis en face de moi dans le premier café venu. Je me dis : c'était lui. Lui que je cherche depuis si longtemps. Et voilà : je l'ai perdu. Quelqu'un en moi croit à cette exagération. »

Arnaud Cathrine, *Romance*

Septembre

The Brian Jonestown Massacre,
« Tombes oubliées »

#1

Jade se tenait près de la fenêtre, engourdie par les effluves de peinture fraîche.

Des éclaboussures s'étalaient sur son legging, ses doigts et dans ses cheveux. Ça la rendait hyper fière. De sa vie, elle n'avait jamais peint un mur. Ce soir ses mains étaient semées de cloques dues au rouleau. Ses aisselles exhalaient une tiédeur d'agrumes. À ses pieds se froissait du papier journal, lui aussi moucheté de giclées de peinture « Vanille Satin ».

Elle respira. Par la bouche, les seins, le ventre.

Loin sous elle, six étages plus bas exactement, le quartier du Marais était en effervescence. Ses bistrots, ses ruelles pavées, ses glycines. Hier, Jade avait exploré. Comme on le fait le premier samedi des vacances : très vite, sans apprécier, en épiant le décor. Ainsi avait-elle repéré le canal Saint-Martin, les groupes d'ados éméchés, la place des Vosges où se déployait une végétation sage, l'église Saint-Paul, sa porte nuance hémoglobine, sa pierre évoquant la craie. Pour l'instant, Jade n'y comprenait rien, elle mâchonnait les noms. *Canal Saint-Martin*, *Marais*, *place des Vosges*. Les syllabes chatouillaient sa langue.

Paris, surtout. Jade avait hâte de s'emparer du monde, hâte de jouir d'une certaine familiarité ; celle des lieux connus.

Treize jours avant, elle avait quitté Mamie et sa Bretagne natale.

Le 27 août – une date multiple de trois.

Songer à Mamie lui broya le cœur. Songer à la maison en granit, aux claques de vent qui avaient modelé son anatomie, au ciel et à l'eau partageant ce même bleu givré. De son cocon breton, Jade rapportait une dizaine de cartons et sa bicyclette à fleurs. Là-bas, elle circulait en zigzags, tranquille. Si on la klaxonnait, c'était pour la saluer. Les anciens du village, ceux l'ayant vue naître. À Paris, sa bicyclette lui semblait chétive au milieu du trafic. Elle devait la monter dans sa chambre, d'ailleurs, on l'avait avertie : les cadenas ne suffiraient pas.

Jade observa la capitale.

Honnêtement, elle se sentait incapable de s'extasier devant telle ou telle ville, sa légende, son patrimoine. Disons qu'il s'agissait de goudron nappé de bagnoles, de bâtiments racés ou de poubelles. Parfois éclataient des arbres, des pigeons. Des gens, des gens, des gens. Des lueurs rousses aux fenêtres, ces millions de carrés abritant des récits auxquels Jade n'avait pas encore accès. Voilà ce que lui inspiraient les villes : des mille-feuilles de goudron et d'individus. Elle était impatiente de croquer celui-ci. *Paris.* Ça gargouillait à lui en déchirer les organes.

Jade avait dix-neuf ans, faim des gens, du goudron, des pigeons.

Elle s'écarta de la fenêtre et rejoignit la salle de bains, passa son tee-shirt par-dessus ses épaules, aperçut son reflet. Silhouette effilée, bouche sanguine, les yeux chocolat, des ongles courts et propres. Son physique suggérait le naturel, la santé. Jade aimait son corps parce qu'il était à elle et qu'elle habitait dedans. Elle prenait particulièrement soin de ses cheveux, des guirlandes brun glacé qui rebiquaient sur ses fesses. Quand ses copines lui réclamaient son secret, Jade répliquait : *Less is more*. C'était son unique méchanceté. À sa décharge, elle ne mentait pas, elle les entretenait à l'hydrolat de fleur d'oranger. Une routine noble, qui ne l'empêchait pas d'être vierge, à l'inverse de ses amies à la tignasse fourchue. Sortie de la douche, Jade prépara sa tenue du lendemain. Ses bottines, un slim noir, une chemise en soie, l'omission du soutien-gorge, une culotte en coton. Elle attacherait ses longueurs en tresse d'amazone.

Demain. Elle eut des nœuds dans les poumons. Demain, le 09/09.

C'était en vue de demain qu'elle avait troqué son cocon contre un pot de peinture, une poignée de cartons. Jade frissonna. *Tu paniques.* Elle aurait été dingue de ne pas paniquer, elle venait d'emménager à la capitale. *Tu paniques*, se répéta-t-elle en frôlant ses objets, son lit. Et si elle était malheureuse, ici ? *Tais-toi.* Jade ne s'y trompait pas, trouver sa place exigeait du temps. On ne pouvait pas comparer une existence pleine à deux semaines de travaux. Le présent aurait zéro chance de gagner. *C'est la flippe des jeunes qui bougent.*

Jade se calma de son mieux. Grandir se révélait difficile, banal. Inutile d'en tenir rigueur à Paris.

Elle ferma la fenêtre, ses rideaux effet brume voltigèrent.

Jade réajusta les photos sur sa table de chevet Ikea, tapota ses oreillers mauves. Il faudrait fixer les miroirs adhésifs, trier les livres, les fringues, les bougies, les DVD, les peluches. Ranger les fournitures neuves à l'arôme plastique, achetées par nostalgie des rentrées scolaires.

Manquait l'essentiel, dans ce nouveau chez-elle.

Un trésor que Jade avait abandonné en Bretagne : sa collection de miniatures de parfums. Pas vraiment la sienne, mais celle de Mamie. Gamine, Jade adorait retirer de l'écrin en bois ces flacons de formes variables, les astiquer, dévisser les bouchons. Mamie supervisait le processus en déclarant que le parfum se constituait de notes de fond, de cœur, de tête. Jade se passionna pour cet art complexe, d'abord afin d'être agréable à Mamie – à quatre ans, c'est primordial –, ensuite par goût personnel. Plus tard, à la bibliothèque de l'école communale, elle emprunta un ouvrage sur la distillation. Jade n'en saisit pas une phrase, or elle fut pénétrée de science et fit bouillir, une nuit, des pétales de chèvrefeuille dans une casserole. Elle récolta le liquide, le transvasa dans une fiole de l'armoire à cosmétiques, au préalable vidée de son onéreux contenu. Chaque phase lui procura une joie de savant fou. Sa fragrance s'intitulait *Mamie Chérie*. Elle s'avéra médiocre. Mamie punit Jade à l'aune des dégâts générés dans la salle de bains.

Période collège, l'aspect mystique la frappa. Le parfum relevait de l'alchimie. Comment justifier, sinon, les larmes provoquées par diverses odeurs ? La possibilité de humer l'été en flacon, au mois de février ? Le fait qu'un garçon pas super gracieux nous émeuve en transpirant, ou en s'ébrouant les cheveux ? Oui, il y avait de la magie, du divin. Au lycée, elle se focalisa sur l'impact sociétal de la parfumerie. La manière dont quelques jus avaient guidé des modes, défini des décennies entières, capturé des contextes politiques, des hommes et des femmes, leurs émotions, leurs émois, les combats menés ou perdus. L'Histoire, en somme.

Aujourd'hui adulte, du moins se considérait-elle adulte, Jade savait.

La parfumerie était chimie, occultisme et sociologie.

Elle brûlait d'en percer les coulisses.

Donc elle louait une chambre de bonne hors de prix dans le Marais. Mamie paierait la moitié du loyer, en dépit de ses finances modestes. Jade avait aligné six entretiens d'embauche. Nausée les six fois. Finalement, elle avait décroché un CDD dans une enseigne de parfumerie.

Elle commençait demain.

#2

La chaîne Alice Caprices était née en 2013 sous l'impulsion d'Alice Brugnon, une esthéticienne déterminée à populariser la cosmétique de luxe, spécialement le parfum. Les parents d'Alice tenaient une boulangerie. Elle s'était épanouie dans ces enfances paisibles, composées de pavillons en banlieue, *coucou les voisins*, haies à tailler le dimanche, *sois sérieuse à l'école*. Le tout englobé d'un nuage de farine, dans son cas. À la maison, la semaine était dédiée au labeur, journal télévisé puis film américain mal doublé. Le week-end, on s'occupait des tâches ménagères, des loisirs, par exemple la promenade mensuelle aux Galeries Lafayette du boulevard Haussmann. Arrimée au pantalon de sa mère, Alice admirait l'immense dôme en verre, les dorures, les balcons. Elle se croyait à bord du *Titanic*. Le naufrage opérait sur le chemin du retour quand, épuisée par les lumières, le bruit et la course parmi les genoux d'adultes menaçant de lui fracturer le crâne, Alice fléchissait dans les bras du père puis s'éveillait, miracle, sur la banquette de la voiture. À seize ans, Alice entreprit un CAP d'esthétique. À vingt ans, elle rencontra son futur époux, un *businessman* sympa et pétrissable. De la brioche. Peut-être l'avait-elle choisi pour ça. Ou par amour. Quoi qu'il en soit, l'année suivante, leurs économies combinées permirent au couple de louer les locaux d'une cordonnerie en faillite dans le 19e arrondissement. Alice obtint un partenariat avec plusieurs marques, Armani au bout d'un trimestre. Elle put engager une vendeuse. Initialement commerce de quartier, Alice Caprices se fit connaître grâce à ses prix attractifs, sa patronne bavarde. En 2015, une seconde boutique ouvrit dans le 10e arrondissement. Les partenariats s'additionnèrent, les deux établissements développèrent un rayon maquillage, promettant séances de *contouring* et échantillons gratuits. Les bénéfices réalisés incitèrent à l'audace. Alice créa sa gamme de produits. Gels douche, perles de bain, gloss et baumes à lèvres. Une troisième boutique germa dans le 9e. Près des Galeries, près du *Titanic*. Prochaine ambition ? Introduire son enseigne en province, dès 2018. Alice atteignit son but, son mari souhaita un enfant, ses parents prirent leur retraite. Son ascension la comblait : elle était cohérente, chronologique. Au mérite.

*

En franchissant les portes automatiques, Jade réprima un sursaut. Sa chambre de bonne se situait à trente minutes à pied du magasin. Le trajet avait fait bourgeonner des gouttes de sueur sur sa peau. Sa chemise était humide, son slim grinçait, sa tresse ballottait contre ses flancs. Jade toussota. Le claquement de ses talons sur le carrelage lui parut grossier.

9 h 39.

— Ah, t'es là.

Elle fut accueillie par Pamela, sa supérieure. Comme à l'entretien d'embauche, Pamela empestait le patchouli. Du fond de teint s'accumulait sur les ridules de sa bouche.

— Dépêche-toi !

Pamela s'exprimait constamment à l'impératif. Jade en fut troublée, ravie, c'était sa première expérience avec l'autorité. Bientôt elle aurait des amis, elle se plaindrait des patrons, ces chiens brandis au-dessus de l'essaim. Comment, pourquoi, l'injustice de la soumission.

Elles s'isolèrent dans l'arrière-boutique.

Pamela épingla un badge sur la chemise de Jade, orné de son prénom. À la faveur de ce geste, Jade put inhaler une bouffée de ses mèches platine. Il y avait aussi la proximité des ongles rouges, la pulpe des doigts, on esquissait presque un câlin. Cette intimité l'enhardit :

— Le patchouli vous flatte !

Pamela se figea, les sourcils en crochet.

— Merci. Tu gères les clients, ce lundi. Tu observes Sibylle, tu lui poses des questions si besoin. Demain, on t'apprendra à utiliser la caisse.

— OK.

Jade s'éclipsa, sa chemise ne séchait pas.

Dix heures du matin, la boutique était déserte. Les néons grésillaient, crudité jaune, les écrans diffusaient des pubs réfléchies par les miroirs. Sur les rayonnages, les flacons hurlaient leurs notes pêle-mêle, les mouillettes côtoyaient des pots remplis de grains de café – le café se reniflait entre les parfums, ça limitait la saturation olfactive. Sibylle émergea de ce brouhaha. Elle portait un tailleur noir, ses frisettes étaient auburn, plus larges que ses épaules.

— Salut, Jade !

— Salut.

— Excitée par ton *first day* ?

— Grave.

Sibylle cocotait la laque, le *Chanel N° 5*. Les nez modernes dédaignaient ce jus, or dans les années vingt, il fut révolutionnaire. Par-dessous son mythique canotier, Gabrielle Chasnel avait estimé qu'une femme ne sentait pas la fleur, elle voulut du parfum « artificiel ». Ernest Beaux lui proposa cet accord abstrait, lessiviel, dopé aux aldéhydes.

— Moi, c'est Sibylle !

— Enchantée. Moi c'est… Jade.

Mouvement empoté vers son badge. Jade fut tentée de mentionner Gabrielle Chasnel. À la pause déjeuner, plutôt. Son échec avec le patchouli de Pamela l'avait déstabilisée.

Soudain, les portes automatiques coulissèrent.

La clientèle d'Alice Caprices afflua, des amoureux, des mamans, des minettes. En une demi-heure, les vaporisations des *best-sellers* se propagèrent jusque dans la rue. De la musique pop dégoulinait depuis les enceintes du plafond, la playlist durait quarante minutes et récidivait à l'infini. À onze heures, enfin, Sibylle adressa un signe à Jade, en direction d'une grand-mère à cabas écossais. Le moment était venu, l'œsophage de Jade se rétrécit.

— Bonjour, madame. Je peux vous conseiller ?

D'après les analyses de Jade, cette formule semblait être la clé de voûte du job. Même si elle se soldait souvent par un : *Non, je regarde.*

— Oui, vous pouvez !

Merci les statistiques, merci la vie, merci mère-grand.

— Je cherche un parfum pour ma petite-fille… Elle va avoir treize ans.

— Parfait, suivez-moi !

Le pouls de Jade tambourina à mesure qu'elles approchaient des rayons. Elle pensa à Mamie, à ses anniversaires d'ado. Quel flacon aurait-elle voulu recevoir ? Un jus apte à traduire la chair, *exit* l'appareil dentaire, bienvenue dans l'univers des femmes et ses maux de ventre.

— Qu'est-ce qu'elle aime, votre petite-fille ?

— Sa mère lui donne de l'eau de toilette à la rose.

Jade énuméra les pistes.

L'humeur guillerette des hespéridés ne conviendrait plus à une fille de treize ans. Un oriental ? Trop sensuel, ça grillerait les étapes. Des fleurs blanches ? Les incisives de Jade refroidirent tant elle souriait fort. Quelle mission : unir une fragrance et un caractère.

La grand-mère fut contente de cette tonicité. Et puis jouasse de papoter ; le temps était long.

— C'est adapté à un anniversaire, du parfum ?

— Oui ! Elle va adorer.

Les yeux de Sibylle pesaient lourd sur les omoplates de Jade. Pamela s'était extraite de l'arrière-boutique. Jade parcourut les rayons. Putain de mission. Les jus captèrent son appel, y répondirent.

— *Diorissimo.*

— Hmm ?

Jade saisit un flacon aux lignes sobres, emblématiques.

— *Diorissimo.* Départ vert, cœur de muguet et fond boisé. Ce parfum est un classique très élégant. Dior l'a intégré à son catalogue en 1956.

La grand-mère acquiesçait, Jade s'agitait.

— On le teste ?

— Oui, allons-y.

Ses doigts grelottèrent, elle pulvérisa *Diorissimo* sur la mouillette. Trois touches. La grand-mère allait humer… Là, elle humait. Sa bouche ruissela vers le sol.

— Il est vieillot, non ? Vous n'avez rien à la rose ?

Sibylle fit mine de ne pas entendre, Pamela disparut.

*

À la fin de la semaine, Jade put cartographier son quotidien.

Selon les clients, les végétaux sentaient le déodorant. Un parfum datant d'une époque antérieure aux années deux mille était démodé, n'en déplaise aux chefs-d'œuvre. Elle fourguait donc des jus sucrés, diabétiques, beaucoup de perles de bain de la marque Alice Caprices – on raffolait de la noix de coco. Jade maîtrisait la caisse enregistreuse, le boîtier de carte bancaire, elle emballait les parfums sans gaspiller son papier cadeau, Pamela y veillait. Le soir, ses ongles excrétaient du scotch. Mamie lui téléphonait. *Tu es heureuse, ma Poupée ? Oui, oui.* Jade éteignait son portable, dormait. Trois heures de TGV la séparaient de Mamie, pas énorme, mais ça coûtait plus d'une centaine d'euros, soit quatre sacs de courses. On paya le loyer, le passe Navigo. La bicyclette à fleurs fut volée. Trente minutes de marche, pas la mer à boire. La mer.

Pamela errait dans l'arrière-boutique.

Sibylle était gentille, désespérément, si désespérément gentille que personne ne la blairait. Elle mettait mal à l'aise les clients et le carrelage et les néons. Le midi, assises au bord du quai de Valmy, Jade et Sibylle mangeaient des légumes en Tupperware, des bonbons suintant le cancer, puis ralliaient la boutique. Un mardi, Jade lui parla de Chanel et des aldéhydes. Sibylle rétorqua que son père lui avait offert ce parfum à Noël, bref, elle le portait. Ses origines ne l'intriguaient pas. Pire, elle n'émit aucun commentaire sur le talent de Jade à l'identifier. Elles discutèrent musique ensuite, Sibylle n'en écoutait « pas trop, ça dépend », Jade fut mortifiée.

Septembre se consuma.

Aux environs de dix-sept heures, Jade avait des impressions de chocolat à la cannelle, des envies de pèlerinages près du ruisseau, derrière la maison bretonne. Ces flashs la paralysaient. C'était ça, le déracinement ? Le corps vivait à un endroit, l'esprit à cent autres ?

Mémo : trouver sa place exigeait du temps.

De toute façon, Mamie était fière.

Le dernier samedi du mois, à 18 h 51, un imprévu jaillit sous la forme d'un jeune homme. Converse trouées, jean, sweat noir, cheveux blonds en bataille, les yeux charbonneux.

Il bouscula Jade, recula.

Sans s'excuser.

— Sibylle est dans le coin ?

— Elle…

— J'arrive !

Ça aurait pu s'arrêter là.

Sauf que le garçon rejoignit Sibylle à l'instant où un client s'engouffrait dans le rayon, des paquets cadeaux sous le menton, l'espace se réduisit, monstrueusement, le garçon progressa, sa stature était frêle, n'empêche, trois humains dans ce rayon, la catastrophe devait poindre, le garçon pivota, son torse glissa contre la poitrine de Jade, fraction de seconde, l'omission de soutif, elle scruta un point qui tomba pile sur son cou à lui, grain de beauté, elle nota un battement de cœur à travers sa jugulaire, il faisait chaud, la chaleur avait ce pouvoir d'accroître les odeurs, celle du garçon monta, un délice lacté, effluves d'épiderme pur, similaires à de l'amande, avec une bruine de talc, et ce fut moelleux, mon Dieu, à en serrer les paupières.

Jade cligna des cils, lui la sonda en souriant.

— Ça va, Victor ? questionna Sibylle.

— Ouais, feula-t-il. Toujours cool, pour ce soir ?

— Carrément ! Je prends ma veste. Jade, je te présente Victor.

Victor avait un deuxième grain de beauté sur le nez.

— Salut.

— Jade bosse ici depuis un mois, elle a emménagé en août.

Fossette poinçonnée dans la joue en lait du garçon.

— Tu veux venir à notre soirée ? Ça te fera voir du peuple.

Ce fut à cette virgule que les choses se compliquèrent.

Lorsque Jade rencontra Victor.

Octobre

Black Rebel Motorcycle Club,
« Killing the Light »

#1

Le métro. Le métro. Le métro. Le métro.

Le métro. Le métro. Le métro. Le métro.

Le métro. Le métro. Le métro. Le métro.

Chouette, de nouveaux mots poisseux à mastiquer. *Châtelet*, *Rivoli*, *Tuileries*. Le sol du métro était maculé de mollards, de chewing-gums. Il y avait l'urine en flaques, les clochards. Jade s'efforçait de paraître neutre. Elle collait Sibylle et Victor, imitait leurs gestes. Où biper sa carte, quand culbuter le tourniquet, comment râler sur les gens. Ça fonctionnait. En s'inspectant dans les vitres de la rame, elle se rassura. Ses cheveux à la fleur d'oranger ondulaient, ses traits affichaient le même ennui distrait que ceux des autres. Jade se cramponnait à la barre. Slim gris, chemise fluide en coton lilas, perfecto. OKLM. Le danger émanait de Victor. Son odeur. Le sommet de sa Converse, à quelques centimètres de sa bottine à elle. Le sac plastique qui pendait à son poignet. Il contenait une bouteille de cognac et des noix caramélisées – bizarre. Jade sourit. Elle s'imbibait de l'ambiance, ça estompait la solitude. Jamais elle n'avait vécu solo : la nuit, sa chambre de bonne l'attristait, malgré les peluches et les bougies.

— On descend, jappa Sibylle.

D'accord. Leur filer le train surtout, ne pas les égarer, car alors se délivrer du labyrinthe serait impossible. Jade s'accrocha aux cheveux de Victor. Blond généreux, en vrac sur la nuque. Le talon de sa bottine s'enfonça dans une substance huileuse, elle décréta qu'il valait mieux examiner les alentours que cette tignasse de garçon. Ses yeux fouettèrent des platanes, la chaussée. Le trio s'immobilisa. Sibylle pianotait sur son téléphone, Victor s'en foutait.

— Elle répond pas ! J'ai zappé le code. Tu t'en souviens, toi ?

Victor hocha la tête. Puis une porte bâilla, crachant trois jeunes un peu bourrés. S'ensuivit une chorégraphie de bises, à laquelle Jade fut soulagée d'être conviée.

— On fumait sur le balcon, on vous a vus attendre comme des boulets…

— Ta gueule.

— De rien, pétasse !

— Bon, on monte ?

Sibylle se pressa, Victor lambina ; Jade grimpa l'escalier devant lui, gênée. Matait-il sa chute de reins ? Elle devait picoler. Rapidement. Se relaxer. Le bruit s'accentuait de marche en marche. De la musique de gangster, des rires. Sa première fête parisienne. Est-ce que ça se lirait sur elle ? Devineraient-ils le sable incrusté dans ses semelles ? Avaient-ils des normes, des critères spécifiques ? Ou était-ce de la névrose de meuf à jeun ? Cinquième étage, énième porte. Immédiatement, la touffeur. L'appart était étroit, une vingtaine d'invités dansaient, vapotaient, bavassaient. Sibylle fut cueillie par des caquètements féminins. Jade ôta son perfecto, ne sut où s'en délester, le garda sur son avant-bras. Elle localisa la cuisine, se servit une bière dans le frigo, dérangeant une nana qui dut s'arc-bouter ailleurs qu'entre les magnets – des trucs vilains, qu'on collectionnait dans les boîtes de camembert.

Jade songea à ses copines du lycée.

En soirée, olympiennes sur le canap, elles causaient ragots et inimitiés. Le cidre ronronnait, les types dragouillaient, on maniait le protocole. Ce serait pareil ici, patience. Encore une bière, et Jade chercherait Sibylle. Elle pourrait fuir sur le balcon ? Non fumeuse, c'était fâcheux. Jade demeura gluée au frigo, s'écartant, *désolée*, dès que quiconque y piochait une bière. Autour, ça se roulait des pelles, ça s'espionnait. Les filles médisaient entre leurs doigts, les mâles paradaient. Dans une heure ou deux on se taxerait des capotes, il serait presque minuit.

— T'as froid ?

— Hein ?

Victor avait déboulé de nulle part.

— T'as ton manteau. T'as froid ?

— Non.

— Cool.

Il dissimula ses mains dans ses poches. Elle eut le temps d'apercevoir la chevalière en argent à son pouce. De quantifier son niveau d'ébriété. Boire en autarcie avait cette conséquence : une ivresse bulldozer, morose. Victor s'inclina, huma le goulot de sa bière.

— Paris te plaît, Jade ?

— Ouais. Hormis les embouteillages, la pollution et les Parisiens.

Pardon, pardon Paris, mais les vannes participent de la séduction. Les pommettes de Victor se bombèrent, une figure de garçonnet. Ses lèvres se galbèrent. Elles étaient roses, lisses.

— Viens.

Il fit volte-face, planta une main dans son sillage, Jade la saisit. De sa main libre, elle attrapa une bouteille de vin blanc sur le comptoir. Victor scinda les grappes de danseurs en palpant des fesses et des nez. Jade vacillait derrière lui, craintive. Ils stoppèrent près d'un placard.

— Euh…

D'une pression des hanches, Victor fit céder la porte et attira Jade. Il s'assit en tailleur sur la moquette. Parce qu'elle était pompette, Jade s'installa aussi. Victor referma la porte, activa le mode lampe de son portable. Des vêtements fondaient en averse sur leurs épaules.

— OK, gronda Jade. On fait une séance de spiritisme ?

— J'en ai marre, des autres. Ils sont relous.

— Ah bon ? C'est pas tes potes ?

— Mes potes… Ils me surnomment « Domino ».

— Pourquoi ?

— Je fais de l'achromatopsie.

— C'est quoi ? Un fétichisme des placards glauques ?

— Je vois le monde en noir et blanc. Un souci de rétine.

Jade fut partagée entre la compassion et la curiosité. Elle fit sauter le bouchon du vin. Victor en sirota une gorgée, s'ébouriffa les cheveux. Son genou toucha le sien. C'était le deuxième contact significatif de Jade avec un humain, après Pamela et son badge. En un mois entier.

— Ça se traite, l'achromamachin ? Ça se guérit ?

— Je me considère pas malade. La santé, c'est un choix.

— C'est-à-dire ?

— Si tu répètes à ton corps qu'il est déglingué, il l'imprime. Ça produit un effet placebo à l'envers. La carcasse obéit et se barre en couille.

Les pupilles de Victor enflaient, la bouche de Jade pétillait de vin. Le placard se recroquevilla contre eux, ils en oublièrent la soirée à l'extérieur. Les potins, le frigo, Sibylle, Paris, les dominos. N'existait que cette conversation singulière, sans introduction.

— Donc, continua Jade, tu te racontes que t'es invincible ?

— Tu sais, huit pensées positives sont nécessaires pour neutraliser une pensée négative. C'est ouf. Le cerveau ne différencie pas le réel et l'imaginaire, on le programme facilement. Ça concerne la santé, la réussite, le bonheur… Ce ne sont que des choix.

— Que des choix ? Aucune obligation ?

— Non.

— Respirer ?

— Tu peux choisir l'apnée, le résultat, c'est que tu meurs. Tous les choix ne sont pas malins.

— Elle est cheloue, ta manière de réfléchir.

Victor sourit, cacha une partie de son visage sous l'un des pulls au-dessus de lui.

— Elle est à moi. Je kiffe aborder les sujets d'un œil neuf. Déconstruire les conventions, les conneries qu'on m'a enseignées, tu comprends ?

Jade avala trois gorgées d'un coup.

— C'est un drôle de vice…

— Je refuse qu'on me baratine. Qu'on m'emmerde ou qu'on me juge. En contrepartie, je ne condamne personne. Ni les baratineurs, ni les emmerdeurs, ni les juges.

Reflet de chevalière, Victor quémandait la bouteille. Sa manche caressa la peau de Jade. Il y avait de la délicatesse dans ses mouvements. Sa voix. Il semblait chuchoter en permanence.

— T'as des exemples ? De tes petites déconstructions ?

— Ouais, les étiquettes sur les relations. Copain, couple, plan cul. On tranche, on hiérarchise. Moi, ça me gave. Je suis amoureux chaque fois. Y a des gens avec qui je couche, avec lesquels j'habite, y en a que je fréquente pas pendant six mois. Mais je les aime tous.

Jade s'étrangla. Le verbe « coucher », évidemment. Puis ce garçon blond dans un placard, qui déblatérait des notions étranges. Sa sincérité la désarmait, elle fit diversion :

— Je peux mettre de la musique sur ton téléphone ?

— Bien sûr.

Jade lança une chanson de Black Rebel Motorcycle Club. Le riff vibra dans son front. Oh, l'érotisme des guitares. Ce vin aigre. L'odeur d'amande de Victor. Ses Converse battaient la mesure, son souffle crépitait avec lenteur sur les fringues, les rendant électriques.

Jade était exquisément soûle.

— Il tue, ce titre, susurra Victor.

— Tu me trouves débile, si je dis que ce groupe est… genre… mauve et gris perle ?

Elle n'avait jamais confessé ça, la teinte du rock ou des odeurs. Victor la jaugea. Ses yeux luisaient, très noirs. Il ne répondit pas, s'envoya une rasade de vin. Muets, ils s'étudièrent, perçurent le babil des invités dans l'appart. Leurs chansons *trendy*, absolument plates, en comparaison de BRMC. Jade et Victor gloussèrent, alliés, satisfaits d'eux-mêmes.

— Ça s'appelle la synesthésie.

— Hmm ?

— Associer des couleurs à des sons. Ça s'appelle la synesthésie.

Tout à l'heure, Victor avait affirmé : *Je suis amoureux chaque fois.* Maintenant Jade avait envie de l'embrasser. *Synesthésie.* Le garçon en lait lui allouait un diagnostic, un pouvoir de super-héroïne. Ils passèrent deux heures dans le placard. La suite s'ennuagea. Des imbéciles toquèrent à la porte. Des plaisanteries s'élevèrent, *ça nique là-dedans*, haha, hilarant, la fine moquerie. L'amande. Bordel, bordel, bordel. Quelle confusion, dans cet appart exigu.

Jade s'esquiva.

— Faut que je rentre.

— Je t'escorte ?

Le verbe « coucher » clignota.

Trop tôt.

Cela dit, le métro…

Jade ne voulut pas sonner cruche.

Elle remercia Victor : elle prendrait un taxi.

Ça coûterait une blinde – le prix des cruches.

Les événements s'embringuèrent, peinards.

Au revoir à l'assistance qui s'en cognait.

Quand Victor enfila son perfecto à Jade, leurs bouches se frôlèrent.

Est-ce qu'il… la draguait ? *Crush* réciproque ?

Aïe, les vertiges de l'incertitude.

Taxi, dans le Marais, please.

Pas si ardu d'être parisienne.

On échange nos numéros ? OK. Salut. Salut.

Jade hésita, lui baisa chastement la joue.

Le taxi démarra, il pleuvait des gouttes en miel.

Allongée sur son lit, Jade reçut un SMS de Victor.

Un lien YouTube vers un *live* de BRMC.

Discuter par musiques interposées, la base.

Elle renchérit des idioties, des fautes syntaxiques.

Demain, les remords, sous l'aube trempée.

À 6 h 09, il rédigea ceci :

Bonne nuit mauve et gris perle.

Perso, je vois pas le mauve.

Tu m'apprendras, Jade ?

Où était le téléphone de Victor tandis qu'il guettait ses textos ?

Dans sa main ? Sa poche ? Sur sa poitrine ?

La chambre de Jade tournait, des grains de beauté au plafond.

Peut-être aimait-elle déjà Victor.

#2

La gueule de bois fut atomique.

La deuxième semaine d'octobre dépourvue de SMS.

Jade en souffrit une minute sur trois.

Au réveil, elle buvait son cappuccino tiède – ses plaques de cuisson peinaient à chauffer. Elle s'habillait, cajolait ses cheveux, traînait des bottines jusqu'à la boutique. Midi, Tupperware avec Sibylle, treize heures, overdose de parfums standardisés, dix-neuf heures, coup de fil à Mamie et retour à sa chambre. Jade lustrait ses babioles, aérait, se douchait, dînait sous ses couvertures. Puis la soirée s'étirait péniblement vers l'insomnie. Pour l'instant, cet agenda lui paraissait riche, riche du concept « être grande ». Donc elle s'en accommodait. Ses yeux étaient rouges, fusionnés à l'écran de son téléphone, au prénom de Victor. Ça complétait le tableau.

Jade était grande, sans fric, entichée ; la vie ample.

Un vendredi, Sibylle et elle descendirent le rideau métallique sur Alice Caprices. Une promotion octroyée par Pam qui, leur inculquant ainsi le métier, quittait le magasin en avance.

Jade demanda :

— Tu sais pourquoi il ne me calcule plus, Victor ?

Sibylle haussa les épaules.

— Il est lunatique. Dramatise pas.

Lunatique. OK, mais cette connexion dans le placard ? Comment ne pas s'écrire H24 après un tel truc ? Même sur la météo, ou les infos, ou le fléau des rats à Paris, ce que tu choisis. *Lunatique.* Comment résister ? Il y parvenait, lui, ça ne l'affectait pas. *Lunatique.*

— Les mecs sont des ordures, hein ! Y a pas à cogiter.

Sibylle ponctua la sentence d'une mimique triste, d'à-propos dans le cadre : derrière ses frisettes, Paris était cuivré, hirsute de rafales. Le ciel dispensait un halo radin. Les feuilles croustillaient, terreuses parmi les odeurs liquides de la Seine et du brouillard.

— Faut que je lise…, hasarda Jade.

— Ah ? J'ai un pote libraire dans le Marais. Il s'appelle Bastien.

*

Sous une chape de glycine, la façade de la librairie exhibait des pierres de grès et une vitrine polychrome. Le carillon de l'entrée tinta, Jade eut un élan de gaieté. L'imminence des livres, leur parfum, le crissement des pages. Annuellement, Jade s'amourachait d'un auteur, dévorait sa biblio, s'étourdissait de sa voix. Elle les préférait morts, d'ailleurs. Au moins, il leur était impossible de pondre une bouse ou d'ignorer ses messages *via* les réseaux sociaux.

— Bonjour ! Je peux vous aider ?

Un jeune homme approcha. Brun, la vingtaine, une silhouette malingre et longue, de vieilles Docs aux pieds, un tee-shirt à rayures. Jade le trouva sympathique. Elle compatit surtout à son : *Je peux vous aider ?* Le libraire fronça les sourcils, qu'il avait épais.

— T'étais à la soirée d'Anaïs, non ?

— Ouais. Enfin… j'ai zoné dans un placard.

— Je suis Bastien !

— Jade.

Ils se serrèrent la main – troisième contact humain. Bastien sourit. Certains individus devaient se forcer, contracter les muscles ; chez lui, c'était naturel. Des traits en pâte à modeler.

— Tu cherches un livre ?

— *Le Parfum*, de Süskind.

— Ça m'étonne pas. Sibylle m'a dit que vous taffiez ensemble.

Bastien lui tourna le dos, s'engagea dans les rayons. Démarche chaloupée, confiante, des plis sur le jean. Elle lui emboîta le pas, en profita pour le humer discrètement. Il portait une eau de toilette aux agrumes. Son haleine exhalait une note plus épicée, du gingembre. Sa chair, ou ses cheveux en épis, évoquaient le mimosa, cette fleur d'hiver à pompons jaunes.

— T'as emménagé fin août, c'est ça ?

— Oui.

— Moi, j'habite dans une studette pérave. Depuis que je suis majeur. Y a des avantages. Se balader à poil, chanter, croquer dans le fromage ou les tablettes de chocolat… L'inconvénient, c'est la déprime. Tu te sens pas trop isolée ?

Jade eut la tentation de répondre que si. Ils ne se connaissaient pas assez. Accroupi, Bastien dénicha un exemplaire poche du Süskind, le lui tendit. À ses poignets frémirent des bracelets en ambre. Plusieurs soleils géométriques étaient tatoués sur son avant-bras gauche.

— Isolée ? Non. Sibylle m'a présenté ses amis. Victor, Anaïs. C'est elle qui m'a parlé de toi.

— Victor ? Domino ?

— Domino, ouais.

— Grave ma came ! *A priori*, je suis pas la sienne. T'as tes chances.

Bastien lui jeta un clin d'œil, Jade s'empourpra.

— Par contre, méfie-toi. C'est un type malsain.

— Malsain ?

— Disons qu'il est très courtisé. Il a fait ramer beaucoup de meufs. Et pas que.

— Explique ?

— Il se montre intense avec toi, puis il te *ghoste*, sans se justifier. C'est non négociable, tu dois l'accepter comme il est. Le cliché du don juan.

— Et si c'est galère ?

— On est huit milliards, ce serait dommage de psychoter sur Domino.

— De toute façon, y a rien. C'est un pote.

— OK.

Jade posa les yeux sur le plancher, les Docs de Bastien. Poussière, cuir esquinté, lumière dorée filtrant par la vitrine. Le mimosa emplissait la librairie. *Tu te sens pas trop isolée ?* À quoi évaluait-on l'isolement ? L'envie de pleurer dès que quelqu'un nous touchait la peau ?

— Ça va, Jade ?

Elle cligna des paupières.

— J'ai pas à me plaindre. Je bosse en parfumerie, c'est mon rêve de gosse. Je découvre des tas de gens, Paris. J'ai pas de problèmes.

— Bof, inutile d'avoir des problèmes pour être malheureux… Et au contraire, on peut avoir une centaine de problèmes et péter la forme !

— T'as des problèmes, toi ?

— Mon célibat. Une paire de chaussettes trouées dont j'ose pas me débarrasser. L'homophobie de mes parents. Un loyer en retard. Écoute, y a du soleil, c'est déjà ça !

Bastien souriait toujours. Ce fut contagieux, Jade s'allégea.

— Il coûte combien, le roman ?

— On s'en carre, je te l'offre.

— Non, sérieux, je…

— Sois pas malpolie.

— On ira boire un café, un de ces quatre ?

— Carrément.

*

— *Allô ?*

— Mamie, c'est moi.

— *Bonjour ma Poupée, comment tu vas ?*

— Tu me manques !

— *Quel temps vous avez, à la capitale ?*

— C'est l'automne. Et toi ?

— *Pareil. Pareil. Tu as le moral ?*

— Ouais. C'est l'automne.

— *Tu rentres, ce week-end ?*

— J'ai regardé sur le site de la SNCF, ça tape dans les 190 euros.

— *Ta chambre est prête, en tout cas. Tu me dis. Si c'est plus raisonnable, attends ta prochaine paie ? Moi je dois régler le ramonage de la cheminée. En plus, faut te racheter un vélo.*

— Hmm. On verra. Un week-end bientôt.

— *Quand tu veux !*

— Des bisous, Mamie.

— *Bisous, ma Poupée.*

Du bout des ongles, Jade cornait les pages de son livre.

Elle accéléra.

Le code de l'Interphone, l'escalier, les ampoules grillées au troisième étage, des marches qui patinaient au quatrième. Peu à peu, les automatismes venaient. Les jours raccourcissaient, « Vanille Satin » ternissait. Paris ressemblait à la vie et non plus à des vacances ratées. Jade se figea devant sa porte. Son cœur martela. Marrant : elle oubliait parfois qu'il existait et battait, même lorsqu'elle s'en fichait. À côté de son paillasson

Welcome, – qui n'avait encore souhaité la bienvenue à personne –, trois objets étaient agencés sur le seuil.

Un bouquet ; ces fleurs de trèfle dont on aspirait le nectar.

Un tube de gouache mauve.

Un domino.

#3

— Je cherche un parfum qui annonce ma présence.

L'adolescente avait une quinzaine d'années, un collant fantaisie, un trench-coat beige et une broche dans les cheveux. Jade aurait pu l'inviter au bar. Ou l'enlacer. Elle réfléchit à toute allure, le poing calé sur la hanche. La boutique fermait dans une demi-heure.

— Je sais !

Jade attrapa un flacon évasé. Son bouchon bleu fut froid sous ses doigts.

— *Shalimar.*

La cliente sourit.

— Premier oriental de l'histoire. Jacques Guerlain l'a créé en 1921, inspiré par le Taj Mahal et les jardins de Shalimar. Ce parfum, c'est une tuerie. Des baumes, une vanille sulfureuse…

Jade humecta une mouillette, la dirigea vers sa cliente.

— Ah ouais… ! Hyper puissant !

L'adolescente réajusta son trench. Jade épia la brisure du collant en haut de ses cuisses.

— J'ai mieux.

Les oreilles de Jade bourdonnaient, l'émotion fit trembler ses mains au moment où elle saisit la pomme violine. *Poison*, de Dior. Du venin à la prune, aux muscs. L'hymne des sorcières.

— Celui-ci, c'est le fruit défendu. Tellement capiteux que certains restaurants new-yorkais l'interdisaient à l'époque de sa sortie. « *No smoking, no* Poison. » L'arrogance ultime.

Jade pulvérisa *Poison* sur une mouillette. La cliente entrouvrit les lèvres. À l'encolure du trench palpitait son pouls, la naissance de ses seins. Transpirait-elle ?

— Et la pomme rose, à côté ?

— Ça, c'est un *flanker*. La réécriture moderne d'un classique. Voire la simple modification d'un parfum récent. On a ça au cinéma, avec les *reboots* intempestifs. Bref. *Poison Girl* a été lancé en 2016. Il sent la rose, la vanille de pâtisserie. Il s'éloigne vachement de *Poison*.

— Je peux le sentir ?

— Bien sûr.

Dix minutes plus tard, Jade emballait *Poison Girl* dans un sachet à paillettes. Entre son pouce et la lame des ciseaux, elle coinça un ruban, tira afin de le boucler. Un jour, elle se blesserait.

— Merci beaucoup !

— Je vous en prie.

Ses acouphènes redoublèrent, couvrirent la proposition de Sibylle.

— … à l'angle de la rue. Le barman est sexy et les cocktails pas chers !

— OK, on y va.

Le rideau métallique geignit sur la vitrine d'Alice Caprices.

Puis les escarpins de Sibylle frappèrent l'asphalte. Jade s'accorda une seconde. Son crâne s'alourdissait, son nez la démangeait. Était-ce le nuage toxique dans lequel elle évoluait à la boutique ? Un début de rhume ? Probablement les deux, pas de quoi s'affoler.

— Qu'est-ce que je vous sers, mesdemoiselles ?

— Un Martini, demanda Sibylle.

Sous le slim de Jade gonflait la banquette en cuir. Elle perçut l'odeur bovine, l'épiderme tanné. Le rembourrage en mousse crevassait par endroits : le cul des gens. Leurs empreintes pullulaient aussi au sol, par couches successives. Un mix d'alcool renversé et d'urine.

— Jade ? apostropha Sibylle. Hé ho ?

— Excusez-moi. De l'amaretto, s'il vous plaît.

— Glaçons ? grogna le serveur.

— Oui.

Jade revint à la verticale. Sa tresse lui heurta les lombaires, elle sursauta. Les tournées s'enchaînèrent hâtivement. Une, deux, trois, Jade ne s'apaisait pas.

— Ça va ? On dirait que tu vas vomir…

— Ça va.

C'était ce début de rhume. Le chauffage à fond, la fatigue. En plus d'une intuition, là, qu'on les surveillait. Jade jeta un œil par-dessus son épaule. Zéro prédateur.

— Tu peux te confier à moi, si un truc cloche. Je te jure, Jade, tu me fais flipper !

La main de Sibylle atterrit sur la sienne. Ongles aigus, vernis. Sibylle avait ce défaut de tout ramener à sa personne, y compris les tracas des autres – ils lui arrivaient à elle. S'agissait-il d'anxiété, ou de narcissisme ? Jade se dandina, se réinstalla sur sa banquette.

— Tu ne sens pas… la puanteur ?

— Quelle puanteur ?

Le dos de Jade s'enflamma. Des suées qui brûlaient. Elle devait avoir de la fièvre. Sibylle renifla ses aisselles. Jade fouilla la salle, ses poumons se tordirent, elle suffoquait.

— Je suis désolée, je suis pas bien.

En se soulevant, Jade bouscula leur table.

— Où tu vas ?

— À la maison.

Pourvu qu'elle ne croise pas le serveur, son plateau, l'énième verre d'amaretto. De la liqueur italienne, à l'amande. Vite. Jade désirait une bouche de métro, être happée par une bouche de métro. En calque de ses talons, elle crut entendre des pas. *T'es bourrée, meuf.* Elle se dépêcha, faillit dégringoler dans l'escalier. La faute au prédateur fictif. *Trop fracassée.* Passe Navigo, tourniquet, monter à bord. Jade se précipita dans une rame, pas la bonne ligne et tant pis. Sans transition, elle hurla quand dix doigts se posèrent contre ses yeux.

— Putain !

— Pardon…

Horrifiée, elle avait fait volte-face. Victor se dressait là, les paumes en l'air à la manière d'un bandit. En douceur, il abaissa les bras. Elle eut le loisir de vérifier que ses mains étaient toujours carrées, zébrées de veines bleues ou violettes, d'un duvet de garçon.

— Pardon, Jade.

— Qu'est-ce que tu fous ?

Un cahot ; synchrones, ils cramponnèrent la barre entre eux.

— J'avais besoin de te voir.

— D'où la tactique de sociopathe ? T'es con, ou quoi ? Tu m'as suivie ?

— J'avais besoin de te voir.

Jade déglutit, prit conscience de ses orteils, ses rotules, de ses phalanges sur la barre. Victor lissa la capuche de son sweat. En observant la rame et les vitres. En observant Jade par à-coups. Il avait les mâchoires crispées, son embarras était compact. *J'avais besoin de te voir.*

— Pauvre con…, articula Jade.

Elle soupira. Lui, il dérangea ses cheveux d'un assaut de chevalière. Tignasse blonde, idéale, compte tenu de sa carnation. De ses grains de beauté. Du charbon en guise de pupilles.

— Je suis un pauvre con…

— Un immense pauvre con…

— Un immense pauvre con méga con roi des cons…

À ce stade, les deux murmuraient.

Enfin, ils se regardèrent. Alors ce fut terrible. C'était lui et elle et elle et lui et *basta*. Comment ça fonctionnait ? Une affaire d'odeurs, de phéromones, de détails ?

Par exemple, cette mèche qui lui raturait la pommette et dont il ne se souciait même pas ?

— Tu peux me *stalker* dans le métro, mais pas répondre à mes SMS ?

— T'as trouvé mon domino ?

— Pourquoi le double six ?

— Commencer une partie.

— J'ai jamais gagné la moindre partie à ce machin de merde.

— Si tu perds, je perds aussi.

Le roulis du métro leur secouait les reins. Ils étaient à ça de tomber l'un contre l'autre. À ça. Des relents d'amaretto engourdirent les papilles de Jade. De toute façon, ils ne discutaient plus. Ils tanguaient sans cesser de se reluquer, en minaudant, bêtes, en gloussant, très très bêtes. Puis Victor pivota la tête. Son nez était vif, se mariait à chaque élément de son visage. Un puzzle bête et terrible. Jade n'avait plus de fièvre ni l'obligation de rallier sa chambre.

Victor avait pivoté, donc.

Il épluchait les passagers en se mordillant l'intérieur des joues.

Son cerveau carburait, ça se constatait aux mouvements saccadés de ses jambes. Il bloqua sur une fillette. Parka rose, collier en bonbons, morve aux narines. Victor darda la langue, elle lui rendit sa grimace. Ensuite, un jeu incompréhensible se mit en branle. La fillette se cacha à l'orée d'un siège, s'agrippa à des mollets, bondit sur son adversaire. Sa mère s'en aperçut. D'abord, elle adressa un rictus à Victor. Amusement teinté de prudence : c'était la ligne 7 du métro, c'était samedi soir. Le jeu s'amplifia, les sauts de l'enfant grappillèrent de la surface, plusieurs passagers s'intéressèrent à la scène, s'attendrirent. Victor préparait le clou du spectacle. Dès qu'il obtint l'attention de la rame entière, il arrondit les lèvres et entreprit de siffler. « La vie en rose », d'Édith Piaf. Sa copine en parka éclata de rire. La maman ne se méfiait plus. Des bouches s'entrebâillèrent, les corps s'alanguissaient. Quelques vieux sifflotèrent à leur tour.

Le métro s'arrêta, Jade et Victor descendirent.

Ils changèrent de ligne, se lorgnèrent, endurèrent les silences.

Jade craqua :

— « La vie en rose », hein ? C'est la solution aux incivilités dans les transports en commun ?

— Les gens ont des vies pourries, c'est pas dur de les dérider. Faut se rappeler que ces vies pourries sont nos créations. Qu'on peut désamorcer.

— Pff…

— Quoi ?

— Y a les comptables. Les gars chiants, les normaux, les gars charismatiques. Et au-dessus, loin après les rockstars et les astronautes, y a toi. C'est ça ?

— J'aime bien les extrémités.

— C'est aux extrémités du spectre que sont les sociopathes.

Soudain, l'église Saint-Paul sonna minuit.

Jade et Victor étaient dans le Marais. Lui souriait aux piétons, aux lampadaires. Ils rencontrèrent une dame avec un chiot. Victor papouilla l'animal, ses doigts parurent pâles sur la fourrure. Le chiot lui léchait la chevalière, la nana rigolait. *Vous êtes doués, il est timide, d'habitude.*

Ils repartirent, atteignirent l'immeuble de Jade.

Elle vrombit ; bottines, poitrine, cils.

— Tu montes ?

— Non. T'es soûle.

— Et ?

— Je viendrai dans ta chambre, Jade. Mais je te veux lucide. Que tu sentes tout. Que tu te souviennes de tout.

Lot de consolation, il l'embrassa.

Les paupières closes, en lui caressant les cheveux.

*

Le soir d'Halloween, Jade accompagna Sibylle chez un certain Damien.

Victor était censé les rejoindre.

Jade passa la nuit sur le balcon, à expirer des meringues de buée, à triturer les poches de son caban. En dessous, elle portait des bas en dentelles, une minijupe et un corset. Elle avait gaufré ses cheveux, barbouillé son décolleté de faux sang. C'était une vampire. Une vampire poings au fond des poches, parce que dans la doublure se planquait son domino.

Attendre Victor.

Ça ressemblait à attendre un chat, accoudée à la fenêtre. L'imaginer chassant les proies et les câlins anonymes, appréhender en mode clown triste. Jade se promit qu'elle n'aimait pas Victor. Qu'elle refusait d'avoir peur en continu, mal en continu. Pas envie qu'il lui manque, règne sur ses journées, la prive d'oxygène. Elle se le promit de nouveau, solennelle, et déguerpit du balcon. Une fille pleurait au milieu du salon. Rupture. Jade lui offrit un mouchoir, il fut question de se *follow* sur Instagram, de partager un *frozen yogurt* le lendemain. Elles rentrèrent ensemble, assistèrent à une bagarre en chemin. Puis à une gifle : un homme ivre traquait les « salopes » ; sa victime pissait derrière une voiture. L'homme les insulta, elles sprintèrent. Oh, cette asphyxie d'être une fille. Jade abandonna sa copine, Tess, devant une bouche de métro. Il restait peu de trajet jusqu'à son appartement, elle courut. Chez elle, Jade se doucha. À travers la condensation, elle remarqua une anomalie sur son ventre. Des égratignures blanchâtres, comme de la peau lésée. Ça formait des pétales moches autour de son nombril.

Ses émotions burinaient-elles sa chair ?

Jade et Tess ne se recontactèrent pas.

Novembre

Mazzy Star, « Fade Into You »

À l'origine, le parfum était le langage des dieux. Pendant l'Antiquité, on brûlait des encens, des huiles essentielles, de la myrrhe et des écorces afin de les honorer. Au Moyen Âge, cet art devint médicinal. Les médecins de la peste garnissaient leurs masques de pétales, d'aromates, d'éponges imprégnées. Très pieux, on se défiait de cet artifice, particulièrement de l'usage coupable qu'auraient pu en faire les femmes. Sous Louis XIV, à cette période où l'on craignait l'eau – elle dispersait la crasse, permettant aux miasmes de pénétrer la peau –, le parfum servit de produit d'hygiène. On s'étrillait de linges vinaigrés, d'esprit-de-vin, de pommades d'iris et de benjoin. Les odeurs, grâce à leur caractère alchimique, purifiaient les organes de leurs humeurs. Au XVIIIe siècle vinrent les muscs bestiaux, l'ambre, puis les fleurs blanches, délicates, qui ravissaient Marie-Antoinette. Au siècle suivant, on rejeta l'opulence, favorisant les soliflores et l'eau de Cologne. Napoléon s'en passionna, il en ingérait même avant ses batailles. Joséphine, elle, succomba à la vanille. L'Empereur appréciait, en témoignent ses lettres d'amour. *Ne te lave pas, j'accours et dans huit jours je suis là.* Le parfum se démocratisa au XXe siècle, quand les molécules de synthèse firent leur apparition. Bientôt les couturiers se mêlèrent de parfumerie et concurrencèrent les maisons existantes, ce fut le cas avec Yves Saint Laurent, Dior, Givenchy. À partir des années soixante, on investit dans le marketing. Un jus se défendait désormais à l'aide d'une égérie, d'un plan de communication. Graduellement, cet aspect prit de l'importance, jusqu'à représenter 30 % du prix de vente. On voulut créer effacer les aspérités, des fragrances qui plairaient au grand nombre, ainsi inventa-t-on les « tests consommateurs ». Dans les années quatre-vingt émergea une contre-culture : la niche. La volonté était de s'affranchir des codes, revenir à des jus authentiques, libres et de meilleure facture. Le budget économisé en publicité serait consacré à l'achat de matières premières plus coûteuses. Parmi les marques de niche, Serge Lutens, Annick Goutal et L'Artisan Parfumeur. Chez ce dernier exerçaient des nez virtuoses : Bertrand Duchaufour, père de *Noir Exquis* et de *Méchant Loup*, respectivement une châtaigne au café et une hardiesse noisette/réglisse, Anne Flipo et sa *Chasse aux papillons* – tilleul, jasmin, fleur d'oranger –, ou encore Jean-Claude Ellena qui, inspiré par un arbre réunionnais, élabora *Bois Farine*, fragrance poudreuse aux notes de gâteau. À propos de son « style », Jean-Claude Ellena écrivit qu'il ne cherchait plus à plaire, mais à séduire.

*

— Allô ?
— *Jade, c'est Sibylle.*
— Ça va ?
— *Oui ! Ça te branche, une aprèm shopping ?*
— Bof.
— *T'es pas dispo ?*
— J'ai pas la motive.
— *Tu penses à Victor ?*
— Non.
— *C'est relou, j'étais dosée ! J'avais une liste de boutiques. Tu me plantes, là.*
— Fallait me demander mon avis, avant de rédiger ta liste.
— *Avoue, tu penses à Victor.*
— Sibylle, je kiffe pas le shopping.
— *Tout le monde kiffe le shopping !*
— Je ne suis pas tout le monde.
— *Bon, bah… bisous ?*
— Bises.

*

— Déshabillez-vous.
— OK.

Jade déboutonna sa chemise, fit glisser son slim le long de ses jambes. Elle se sentit vulnérable, croisa les bras, les décroisa pour indiquer la zone de son ventre.

— C'est par là.

— On va regarder.

Les mains gantées du docteur fondirent sur elle. Deux méduses peu amicales. Jade se concentra sur le cabinet. Crépi blafard, posters vantant les mérites de la vaccination, les méfaits du tabac. Drap d'examen en PQ sous elle. Horloge, stéthoscope et mouchoirs à usage unique.

— Vous avez ça depuis longtemps ?

— Une semaine.

Pas de bibelots sur le bureau du docteur, juste un ordinateur façon unité centrale des années deux mille, quelques trombones, des Post-it jaunes, un stylo. Ça l'aurait rassurée, une photo, ou une statuette en pâte à sel. Les gants la pétrirent puis finirent à la poubelle.

Par zèle, le docteur prit sa tension.

— Ce n'est rien.

— Ah.

Il n'affirma pas qu'elle pouvait se rhabiller, Jade se rhabilla de sa propre initiative.

— Du psoriasis, une inflammation.

— D'accord. C'est dû à quoi ?

— Vous avez déménagé, vous travaillez… Il peut s'agir du stress.

— Et qu'est-ce que je fais ?

— Je vais vous prescrire une crème émolliente.

— Ça guérira ?

— Le psoriasis est imprévisible. Ça peut se résorber, s'aggraver ou se chroniciser. On n'en saisit pas vraiment les mécanismes.

Jade serra le domino dans sa poche. Par rébellion, elle ne le trimballait plus que les jours impairs. Le docteur tamponna son ordonnance, arracha la feuille de son carnet.

— Tâchez de vous détendre.

— Merci, monsieur Santini.

Ici planait un fumet médicamenteux, agrémenté de menthol et de toux graisseuses.

En fuyant le cabinet, Jade plissa le nez.

*

À cause du changement d'heure, il faisait nuit très tôt.

Noël approchant, le rythme à Alice Caprices s'endiablait. Donc le psoriasis de Jade empira, s'attaquant maintenant à ses côtes, à son bassin. Mamie arguait que les pommades industrielles étaient mauvaises, composées de paraffine, de pétrole. Mieux valait utiliser de l'huile végétale de jojoba. Deux mois que Jade n'avait plus vu Mamie. Mais elle fréquentait Bastien. Pour une raison saugrenue, ça contrariait Sibylle. Bastien se substituait à la vitamine D, il réceptionnait les jérémiades, légitimes ou non, les émiettait d'un sourire. Jade n'avait personne d'autre. Ses copines du lycée ne donnaient plus de nouvelles, elles aussi dispatchées aux quatre points cardinaux de la France, elles aussi occupées à bosser, singer les adultes.

Ce soir, Jade s'autorisait une pause – mercredi, le troisième jour de la semaine.

Elle détacha ses cheveux sans les coiffer, s'écroula dans son lit, vêtue d'un caraco pourpre et d'une culotte à imprimé chatons. Les poils de ses jambes poussaient, elle n'avait plus limé ses ongles depuis un bail. Balek. Jade alluma son ordinateur, lança une série au hasard.

American Horror Story ; au quatrième épisode, on frappa à sa porte.

23 h 23.

Un bruit timoré, à peine audible.

Soit c'était le proprio, soit c'étaient les pompiers, déterminés à lui vendre un calendrier assorti à sa culotte. Jade râla une seconde, interrompit une scène effrayante de la série, décala l'ordinateur de ses genoux et rejoignit la porte. Pas de pantalon, pas de problème.

Avant d'ouvrir, elle sut. L'odeur, peut-être.

— Bonsoir, Jade.

— Tu soûles. Tu soûles de ouf, monsieur le fantôme.

Jade tourna le dos à Victor et regagna son lit. Elle était si fâchée contre lui qu'elle s'en foutait : offrir ses omoplates, ses fesses, la tragi-comédie poilue de ses mollets.

— Qu'est-ce que tu me veux ? marmonna-t-elle en relançant le lecteur vidéo.

— C'est la pleine lune, cette nuit. Faut lui livrer un vœu. Ou une prière.

D'agacement, Jade fit claquer sa langue. Encore une phrase *freaky* de mec *freaky*. Malgré elle, son esprit formula un vœu. Que Victor découvre les couleurs, ses pastels à lui.

— Tu l'as gardé ?

— Hein ?

Victor désignait le tube de gouache, en évidence sur sa table de chevet.

Oui, je l'ai gardé, on m'enterrera avec, CQFD.

Victor s'installa au pied du lit, en tailleur.

Par politesse, il enleva ses Converse, puis retroussa les manches de son pull. Tissu noir, effiloché, dévoilant les clavicules et une multitude de petits os croquants. Victor s'empara du tube, dévissa le bouchon. Sur la pulpe de son index, il appliqua une goutte de peinture.

— Tu fous quoi, là ?

— Des travaux.

— T'as pas intérêt…

— Ouuuuh…

— Bouge, Victor !

Le geste fut précis, Victor dessina un sourire autour des lèvres de Jade. Elle se débattit vigoureusement, plaqua ses joues contre lui, contre son cou, afin qu'il récolte des bavures mauves. Une chamaillerie inoffensive. Reste qu'à la fin, ils étaient allongés ensemble sous la couette. Ils s'effleuraient. Le jean de Victor était granuleux sur les cuisses de Jade. À l'écran, l'épisode progressait. Jade huma ses draps : moisissure. Le sèche-linge à la laverie coûtait cher. Elle baissa le menton. À la lisière de son caraco, là où bombaient ses seins, on devinait un débris de son hâle d'été. Elle aurait désiré que ce soit fait. Avoir couché. Passé l'étourdissement, elle profiterait, ne risquerait plus de s'évanouir. Jade aurait désiré que Victor la voie bronzée, en robe sur ses plages bretonnes, virevoltant entre les rochers acérés et les coquillages, sans trébucher. Là où elle était belle, là où elle était forte. Or ils étaient à Paris, devant Netflix, emmitouflés dans des draps puants. Elle en culotte à chatons. Jade réalisa qu'actuellement, Victor était nu sous ses fringues. L'idée fut vertigineuse. Sous ses fringues. Nu.

— Victor ?

Distrait par la série, il tarda à répliquer.

— Hmm ?

— Qu'est-ce que tu me veux ? Sérieux ?

Victor se rehaussa. Sa nuque contre « Vanille Satin », c'était délirant.

— Tu connais la série *Wayne*, avec Mark McKenna ? T'adorerais.

— Victor ?

— Quand on s'est rencontrés à la boutique de parfum, je t'ai bousculée. Je ne me suis jamais excusé. Toi non plus, tu ne t'es pas excusée.

— Excusée de quoi ?

— Tu ne portais pas de soutif.

— Pardon ?

— Faut pas faire des trucs pareils aux garçons. On est sensibles.

Le corps de Jade répondit aux mots de Victor, elle se sentit excitée. Émue à chialer. Le sens des détails, que

Victor se souvienne. C'était plus précieux qu'un compliment ou qu'un cadeau. Elle eut envie d'apprendre les siens, de détails. Les chanter à s'en érafler les cordes vocales.

— Victor, tu te rappelles la synesthésie ?

— Ouais.

— C'est de quelle couleur, ça ? Nous ?

L'atmosphère se dilatait, Jade respirait du coulis d'amande.

— Je sais pas les couleurs, Jade. Je sais que dalle.

Victor déferla sur elle. L'espace chavira, les membres, les bouches, les mains, celles de Victor, en lait, la chevalière. Il y eut la chute du pull sur le lino, Jade fut troublée. *Le pull de Victor sur le lino de ma chambre de bonne.* Son torse était onctueux, texture de gomme, nervuré par la cage thoracique, les abdos. Il y eut le jean, le caraco bazardé à son sommet.

— Qu'est-ce que t'as au nombril ?

— Du psoriasis.

— T'as mal ?

— Non.

Victor sema des baisers sur les pétales. *Si, j'ai mal, mais pas à cet endroit.* Les muscles des cuisses pulsaient, par exemple. Ou la poitrine, totalement incendiée. Une mèche blonde masqua les paupières de Victor. En conséquence, Jade se mordit la lèvre. Victor gémit.

— Je flippe, Domino.

— Ne m'appelle pas Domino.

— Je flippe.

— T'es vierge ?

— Oui.

— On arrête, si tu…

— Ça va.

— OK. Flippe pas, Jade. C'est nous.

Victor lui embrassa le front, les yeux.

Jade était au bord des larmes, pourtant elle rit. C'est qu'ils étaient couillons, avec leurs peintures de guerre. Il pouffa, caressa sa taille, ses genoux afin qu'ils se relâchent. De ses hanches, il les aplanit davantage. Les sous-vêtements tirèrent leur révérence. Bout des doigts de Victor. *T'es vierge ?* Il la touchait et Jade eut peur d'imploser. Que son cœur ne puisse subir tous ces parfums. Douceâtres, écumeux, profonds, juteux, animaux. Non, son cœur ne pourrait pas contenir autant. Ne pourrait pas contenir Victor. Il enfouit une main dans sa chevelure.

— Jade…

Oh, l'éraillement de sa voix.

Ils plongèrent.

*

Arrivée en Bretagne à 18 h 18. Jade avait marqué les horaires sur sa paume, au feutre. Ce TGV lui appartenait, elle vadrouillait d'un wagon à l'autre, sensuelle, entortillant son pouce dans son chignon, flairant le café, les sandwichs, parlant aux passagers. Escaliers, sièges, fraudeurs, couloirs, contrôleurs. Jade lisait les magazines par-dessus les épaules, elle souriait aux bébés, elle se rasseyait. Tiens, son voisin descendait. Un jeune au visage mutin, aux pommettes rondes. Similaire à Victor, à elle. Il attrapa ses bagages. Du coude, Jade fit exprès de l'emboutir. Suavité de son sweat en coton, bonheur d'avoir volé un épiderme. Elle en eut des frissons.

Décembre

Jack White, « Love Interruption »

#1

Il neigeait sur Paris ; une valse de flocons argentés. En sept semaines, Jade et Victor ne s'étaient presque pas quittés. Quand elle bossait, il rentrait chez lui, se douchait, sélectionnait des habits propres. Puis il l'attendait devant Alice Caprices. Victor étudiait la philosophie à la Sorbonne, deuxième année. Manifestement, il ne glandait rien. Studette dans le 3ᵉ arrondissement, parents en banlieue. Victor gribouillait au fusain. Il concevait des gadgets électroniques, des remix musicaux sur des logiciels, ses « sons 8D », avec en légende : *Slowed + Reverb*. Ça l'absorbait, ça durait des heures. Jade ne lui posait pas de questions. La journée, elle songeait à lui comme à un secret grandiose, s'interdisait parfois de songer à lui pour y songer mieux plus tard. Le matin ils faisaient l'amour, avant les horaires d'ouverture de la boutique, elle emportait leur parfum sur sa peau. Victor venait la chercher. Main dans la main, ils sillonnaient Paris. Victor lui servait de guide touristique, expliquait tel ou tel coin en pointant les badauds du doigt, en grignotant les beignets, les churros ou les viennoiseries qu'il achetait à des vendeurs ambulants. Il était mal élevé, décoré de cernes, de fossettes. Incapable de se tenir droit, incapable de se tenir immobile. Du cacao plein les dents, il souriait au monde, apostrophait les gamins, les anciens, les pigeons. Les gens réagissaient, aimantés par ce garçon, son extravagance, ses mimiques d'angelot. Jade énumérait les mystères de la parfumerie, il écoutait, ses yeux noirs hallucinés. Il voulait tout savoir, alors Jade déversait, sans ponctuation. À lui, elle avait admis qu'Alice Caprices la décevait, que cette enseigne salissait ses illusions. Selon Victor, Jade devait expédier son CDD bidon, oser la création *free-lance.* Il était dingue. Au réveil, il bâfrait des rouleaux de réglisse, ses quatre carreaux de chocolat amer, des kakis, des olives ou du sirop d'érable. Le soir ils sortaient, anniversaire chez Untel, crémaillère, rendez-vous au bar. Victor la basculait, baiser de cinéma. Ils évitaient les conversations : les autres n'avaient qu'un rôle de public. Les rares heures où ils n'étaient pas ensemble, ils s'écrivaient. *Je matais* Euphoria, *toi qu'es fan de séries, ça m'a fait penser à toi. Je pense à toi, putain. Je pense à toi dès que je cligne des yeux.* La nuit, ils dormaient en cuillère. Dans les draps, l'amande avait remplacé la moisissure. Les taches de peinture s'estompaient.

Il y avait tant de motifs à s'aimer que ça en devenait douloureux.

— Jade ?

— Hmm… ?

— Lève-toi !

— Trop pas… c'est le 21 décembre, en plus.

— Et ?

— Solstice d'hiver. On hiberne.

— Lève-toi, je veux qu'on se balade !

Jade aperçut sa chevalière en gros plan. Le temps d'une protestation peu convaincante, elle se retrouva debout au milieu de la chambre. Victor lui enfila son sweat à lui, le noir, zippa la fermeture éclair. Souvent, il semblait content de lui, sans condition. Il enfonça un bonnet sur ses mèches blondes, elles s'aplatirent le long de ses joues. Foutrement sexy.

— Allez !

— Victor, y a pas moyen.

— Dépêche-toi !

Jade perdit l'équilibre en chaussant ses bottines. Victor sifflota, gesticula, entrebâilla les fenêtres. Plusieurs minutes de confusion, puis ils allèrent se promener. En pyjama.

— Raconte-moi tout ce que tu sens.

— Pourquoi ?

— Parce que je suis bien, dans ta tête.

— Je sens… le ciment de l'escalier. Le lait qui crame chez la concierge. L'odeur de ton sweat.

Ils franchirent le seuil de l'immeuble, une brume opaque les aveugla.

— Je sens la neige, minérale et mouillée. Bon, c'est crétin, ton truc !

— Raconte-moi !

— Je sens le verglas sur le goudron. La chaleur des lampadaires qui scintillent. Je sens l'encre des pubs XXL, les murs sur lesquels elles sont placardées. Je sens les pots d'échappement, les poubelles qui dégueulent.

Victor saisit la main de Jade, la tapit dans sa poche. Près de son ventre. Ils marchèrent lentement, se firent percuter par la foule. Autour d'eux giclaient des sirènes, des aboiements, des moteurs, des rires, des invectives, des klaxons.

— Continue…

— Je sens l'odeur des mômes. Bonbons, lessive et pelures de clémentine. Je sens les billets que tendent leurs parents, le papier cadeau. Je sens les guirlandes de Noël, la résine des sapins. Je sens le pain qui cuit dans les boulangeries, les bouquets de roses chez les fleuristes.

La voix de Jade chevrota.

— Je sens les paumes froides qui frottent les parkas. Je sens le café, le journal, le produit ménager sur les tables des terrasses. Je sens la Seine et ses algues crades. Je sens… la solitude de certains. Leur désespoir. C'est… genre… des fleurs fanées et la moelle des os.

— Encore.

— Je sens… le tabac à rouler de la mendiante, à droite. La laine de son pull et l'essence de son Zippo.

Victor pivota. Une femme d'une cinquantaine d'années, assise sur une couverture. Un chapeau râpé, quelques centimes. Sa pancarte : *J'ai honte mais j'ai faim*. Victor fit un écart afin de lui offrir son écharpe. Jade déglutit. Sa vision se floutait, sa gorge débordait.

— Ça va, Jade ?

— Ouais.

Elle remonta le sweat de Victor sur son nez. Il hésita, ce fut elle qui imposa le mouvement. Ils s'aventurèrent dans le labyrinthe, loin, à s'en couper le souffle, vite.

— Je sens la sueur des mecs de la DDE, la poussière brassée par leurs machines, le caoutchouc des pneus. Je sens le savon, la pilosité des mâles, les cosmétiques femelles. Je sens de la gerbe dans le caniveau. La merde des chiens et des oiseaux sur le trottoir.

— On peut partir, si tu…

— Non. Je sens le sébum de mes cheveux. Je sens que je pleure. C'est salé. Je sens la moiteur entre mes cuisses vu que j'ai envie de baiser avec toi.

Le pouls de Victor se désordonna, Jade l'éprouva dans leurs doigts entrelacés. Ils atteignirent l'église Saint-Paul, Jade voulut s'y réfugier.

— Je sens l'odeur de l'encens, chuchota-t-elle. La présence de la pierre. Les cierges et les lys sur l'autel. Je sens l'haleine des vieux qui prient. Ça me bouleverse, les églises. C'est le dernier sanctuaire avant de vriller. Victor ? Si je fais une dépression, envoie-moi au couvent un mois ou deux. Ça me soignera.

— Je note. Et si Dieu ne te bénissait pas, on s'organiserait un *Thelma et Louise.*

Les sanglots de Jade redoublèrent. Bizarre. Victor stoppa, la serra dans ses bras.

— Je sens qu'ils sont souffreteux, les vieux qui prient. Mamie prie beaucoup. Un jour, elle mourra, et eux aussi. Je suis triste. Je suis… en paix. C'est de la tendresse, je crois.

Victor épousa son visage de ses paumes.

— Tu vois ?

— Quoi ?

— Démissionne d'Alice Caprices ! Crée tes parfums à toi !

— Comment on l'appellerait, celui-ci ?

— Hmm… ? *Aube tendre* ?

— Ouais. Ou *Domino*.

— Le flacon sera mauve et gris perle ?

— Promis.

Ils redémarrèrent. Au ralenti, réjouis. Victor susurrait. *Tu seras la meilleure parfumeuse de France.* Jade se couvrit les yeux au moment où il sollicita une famille pour les en informer. Puis un groupe de touristes. *Ma meuf, ce sera la meilleure parfumeuse de France.*

Jade l'embrassa ; ça le fit taire.

Au bout de la rue, il dérapa sur du verglas.

Victor s'épousseta, s'esclaffa, ses canines dehors.

#2

— Tu devrais apprendre à conduire.

Jade observa la route, ses lacets, la signalisation. Les phares éclaboussaient une végétation craquelée. Au volant, Bastien souriait. Comme d'habitude.

— C'est maîtriser un nouveau langage. Pareil qu'apprendre à lire. Gosse, t'es assiégé de lettres. À la télé, sur les murs, dans les magasins. Et c'est indéchiffrable. Ça donne du pouvoir, de savoir lire ! Ou de connaître les maths, le solfège, conduire une bagnole.

— Oui…

Jade fouilla la glacière à ses pieds. Des chips au fromage, des fruits confits, du chocolat. Ses sources d'alimentation favorites en vue d'un *road trip*.

— Tu vas téléphoner à tes parents ? interrogea-t-elle.

Le sourire de Bastien flétrit.

— *No way*. Je les ai pas vus depuis onze mois.

— Ils te manquent ?

— Ouais, ce sont mes parents, je les aime. Mais de leur côté, ils préféreraient que je sois *dead*. Ou malade.

Ou à l'étranger. Tout ça parce que je me tape des mecs. C'est un peu rude, non ?

— J'avoue.

L'idée d'inviter Bastien à Noël avait coulé naturellement. Mamie était d'accord, Bastien avait accepté sans dissimuler son enthousiasme. Il était cool, ce gars. Sincère, spontané.

— Tu fêtes Noël, Bastien ?

— Chaque année, je m'achète un poulet rôti et des sucres d'orge. Ça compte ? Je mate *Harry Potter*, j'allume des bougies. La nuit, je lance une vidéo de feu de cheminée sur YouTube. La *lose* intergalactique. C'était moins pire avec les restrictions sanitaires. Mon voisin de palier avait collé un Post-it sur ma porte. *Bon courage*, un machin du style. En réponse, je lui avais colorié des lutins sur une feuille. On a collectionné les gentillesses jusqu'en décembre. Des sachets de tisane, des disques, des pâtisseries. Je ne savais même pas la tronche qu'il avait. Dégueulasse, peut-être ? Dès qu'on a eu le droit de se rencontrer, on s'est rencontrés.

— Il s'est passé quoi, après ?

— On a baisé. Il a déménagé au printemps.

La buée s'accumulait sur le pare-brise. En bonne copilote, Jade l'essuyait de sa manche. Dans une heure, ils seraient chez Mamie. Déjà l'air se faisait vert et iodé.

— Et toi ? Domino ?

— Tranquille.

— Meuf, crache le morceau.

Jade soupira.

— D'abord, il a de grandes mains.

— Hein ?

C'était ridicule et difficile. Traduire pourquoi Victor lui plaisait.

— Il a cette dégaine, à la fois souple et solide. Je sais pas, il m'émeut. Ses sourcils, ses clavicules. Quand il parle, on dirait que les mots restent coincés, qu'il les avale en dedans. Il est niqué. Ces congés vont être chelous. Son absence sera une chanson pourrie, bloquée en *repeat*.

À son tour, Bastien soupira.

— Quoi ?

— Tu dégoûtes, la loveuse.

— Prends la prochaine bifurcation. On arrive.

*

— Ma Poupée !

Mamie n'avait pas changé. Par sécurité, Jade la sonda. Des indices. Est-ce que ses cheveux avaient blanchi ? Son dos s'arrondissait-il ? Ses rides se creusaient-elles ? Non. Mamie se mouvait aisément, elle sentait la lotion à la rose, le dentifrice et la gauloise brune.

— Je te présente Bastien.

— Bonjour, madame.

— Ah, oui ! Bonjour ! Dis donc, il n'est pas très charpenté, ton copain !

Bastien ouvrit la bouche, se ravisa.

— Mes parents m'ont privé de soupe.

— Bon, bon, entrez !

S'ensuivirent des bousculades, une cacophonie de phrases pataudes, *montez vos affaires à l'étage*, la torpeur des lieux, que Jade reconnaissait sans les reconnaître car elle n'y habitait plus, elle était indépendante, *c'est marrant, ta chambre te ressemble*, extraire la glacière de la voiture, *vous avez fait bon voyage*, les valises, les cadeaux, *on a esquivé les embouteillages.*

Puis ils s'installèrent à table.

Les plats furent sublimes, arrosés de cidre. Crevettes, gratin de potiron, magret de canard, plateau aux mille fromages. Bien sûr, une farandole de crêpes en dessert.

Mamie débouchonna l'hydromel.

— Et ton boulot, ma Poupée ?

Il y avait de la musique en fond, des chants de Noël interprétés par Vera Lynn. Mamie fumait sa gauloise, bouche paresseuse. La vaisselle graissait dans l'évier, sur la table grésillaient des lampions. Un film des années quatre-vingt-dix. Qui aurait eu le toupet de se lamenter ?

— Nickel. Ils vont renouveler mon CDD.

— Ah, c'est formidable ! Je suis heureuse… Et toi, Bastien ? Tu es libraire ?

— Oui, madame. Dans le Marais. On se spécialise en littérature LGBT.

— Littérature quoi ?

— Gay, trans, ces notions-là.

— J'avais une cousine, à l'époque, qui vivait en ménage avec une femme. Ça jasait… C'est dommage.

Les intestins de Jade gargouillèrent. Elle avait trop mangé. Ses paupières s'alourdirent, elle recula dans sa chaise. Bastien résistait, les coudes campés sur la table. Il voulait nourrir la conversation, amuser Mamie, ne pas se laisser engloutir par la digestion.

— Allez, les jeunes, on convoque le Père Noël ?

Ils débarrassèrent les crêpes, les pots de caramel, de confiture, le cendrier.

Bastien offrit à Mamie des pelotes de laine, Jade l'avait conseillé. Il reçut une paire de moufles que Mamie avait tricotée hâtivement, et un pendentif de la part de Jade. En échange, Jade écopa de plusieurs romans, d'un parfum par Mamie. Le *Oud* de Réminiscence, une marque de joaillerie dont les jus étaient fabriqués à Grasse. Elle en pulvérisa sur sa poitrine. Aussitôt, une odeur mousseuse emplit l'atmosphère. Celle des champignons de l'automne.

— Bon, moi je ne tarde pas. On rangera demain…

Mamie se leva, des choses geignirent. Son squelette enroué. Jade n'y prêta aucune attention. *On rangera demain*. En vérité, Bastien et Jade rangeraient cette nuit. Ils nettoieraient les assiettes, la faïence, décrocheraient les guirlandes du plafond, balaieraient. Sans le dire à Mamie, sinon, elle insisterait pour s'en charger elle-même. Alors son corps vocaliserait.

Bastien et Jade se regardèrent.

Mous, exténués.

— Je te fais visiter les environs ?

— Vas-y.

Jade apprécia qu'il panique dans le garage, tandis qu'elle cherchait les lampes frontales.

— Y a des araignées, en Bretagne ?

— Pas des masses.

Elle apprécia leurs pas croustillants sur le chemin, les arbres décharnés, les étoiles dans le ciel, les panneaux mensongers. *Prudence, pensez aux enfants.* Par ici, il n'y en avait que l'été, en vacances chez Pépé et Mémé. Jade inspira cette nuit, le vin chaud, le feu de bois, le plastique des jouets. Dans l'obscurité, on distinguait les murs fissurés de lierre, les engins agricoles rouillés, les semelles de bottes : la vie rurale, saine, statique depuis des siècles. Était-ce mieux que Paris et ses chimères ? Bastien sursautait à chaque hululement. Dans un virage en épingle, deux billes incandescentes les surprirent. Elles se figèrent, disparurent.

— C'était quoi, ça ?

— Des yeux.

— Des yeux de quoi ?

— De prédateur. Leur rétine réfléchit la lumière.

Bastien s'efforça d'être valeureux.

— OK…

Jade ne put s'empêcher d'ajouter :

— Ça devait être un loup. T'inquiète, ils sont pacifiques, les loups bretons.

*

Au troisième jour, ils trouvèrent leurs repères.

Bastien dormait énormément, l'effet cocon. Mamie cuisinait, Jade aidait, les deux femmes hanche contre hanche, plaisantant et jacassant. L'après-midi était rythmée de promenades, certaines en bord de mer – un écrin gris en cette période, déchaîné. Bastien décréta que Jade et lui devaient planter Paris. Oui, planter Paris, louer un bateau. Un voilier. Le soir, on buvait du cidre, on dansait sur de l'accordéon ou des bêtises. Les longs bras de Bastien faisaient le tour de Jade, Mamie se rasseyait vite. Jade avait prévu de voir ses copines du lycée, mais elles additionnaient les réunions familiales. Une marraine à saluer, le réveillon avec les cousins, cette branche éloignée à honorer d'un café au lait. Jade n'en prit pas ombrage.

Un élément la heurtait : le silence de Victor.

Était-il écrasé par les fêtes ? Qu'est-ce qui justifiait cet oubli ? Pas de *bonne nuit*, ni le moindre *coucou* ? Et *je t'aime*, bordel ? Jade s'estimait punie. Un ventre strié de psoriasis, un cœur tambourinant à destination des mouettes. Cette souffrance la charmait, elle s'en drapait comme d'un manteau de luxe. Aïe, son amour pour Victor. De la fourrure parfumée à l'amande.

— Jade, tu loupes le film !

— Non.

— T'es dans le cosmos.

— Je te jure que non !

Jade se blottit plus profond sous la couette.

Bastien cueillit du pop-corn dans le saladier, sur leurs cuisses. Ils visionnaient *Harry Potter*, encerclés de bougies. Ainsi, chacun avait accoutumé l'autre à ses rituels de Noël.

— Bastien ?

— Ouais ?

— On rentre dimanche ?

— Ça marche.

Jade se reconcentra sur le film. Hermione et Harry assistaient, impuissants, à une attaque de Détraqueurs contre Sirius et Harry – la version passée de Harry. Ce volet était complexe à cause de son intrigue « voyage dans le temps ». Harry n'intervenait pas. Plus tôt, il avait été protégé par un sortilège Patronus. Un super-sorcier l'avait lancé, selon Harry, c'était clair : il s'agissait de son défunt père. Hermione et lui patientaient, donc, pendant que le second Harry et Sirius perdaient la vie. Le défunt père ne se montrait pas. Hermione raisonnait Harry, personne ne les sauverait. Enfin, il dégainait sa baguette magique. C'était lui, l'auteur du Patronus. Lui qui triomphait des Détraqueurs. Maintenant qu'il avait l'âge, être secouru n'était plus une option.

Jade en déduisit que, adulte, si on voulait un miracle, on se l'arrachait des entrailles.

— Jade ?

— Hmm ?

— Je suis fatigué.

Elle caressa le menton de Bastien.

— On va pioncer.

#3

Jade bougea faiblement les hanches. Les draps gluèrent à sa peau, elle suait. Dehors la pluie s'acharnait sur Paris, jonchant la ville de flaques. Victor remua derrière Jade. Son coude ondula, ses doigts atterrirent à proximité de son nombril et frôlèrent une plaque de psoriasis. Jade tressaillit. L'index de Victor remonta. Plexus, cheveux, seins. En écho, leurs souffles se délitèrent. Jade cambra les reins, le sexe de Victor était là, alerte. Elle se sentit cotonneuse entre ses bras. D'une volte, elle s'allongea sur le dos, contempla son amoureux aux yeux mi-clos. Bouche rose, mèches blondes. Effluves amande, lait, talc. Les grains de beauté.

Bâtard.

Jade lui attrapa les joues, l'embrassa. Ses lèvres butinèrent d'abord, puis dévorèrent. Elle voulut tout. La langue, les papilles, les dents.

Bâtard.

Elle le renversa. Victor capitula, docile. Quand même, ses mains s'enhardirent et se posèrent sur ses fesses. Elle répondit par un gémissement, qu'il avala d'un baiser.

Bâtard.

Jade prit appui sur ses poings, s'assit plus loin. L'endroit glacé du lit. Elle démêla ses longueurs, ses nœuds. Ils masquèrent sa poitrine et tant mieux. Respirer, elle devait respirer.

— Ça va pas ?

— C'est… T'es con, parfois.

— J'ai merdé ?

— T'as ignoré sept textos. Sept. Quatre ou cinq, déjà, ça craint. Alors sept…

— Jade…

Elle redoutait cette discussion. Faire l'amour semblait préférable. Laver la vaisselle, bouffer des céréales, n'importe. Par où commencer ? Ils auraient dû se cloîtrer dans un placard. Écouter de la musique, BRMC, ne pas s'encombrer de l'introduction, ne pas feinter.

Est-ce que tu m'aimes, Victor ? Parce que moi, je meurs.

— Jade, il faut que tu me prennes comme je suis.

Elle s'irrita.

— Ça me soûle, tes « il faut ».

— Pareil. Il faut que je t'écrive, il faut que je te téléphone, il faut qu'on soit en couple. Je kiffe pas les règles, le décorum. Je ne t'ai jamais menti à ce sujet.

— Attends. On n'est pas en couple ?

— Putain…

Victor se dégagea des draps. *Ne te lève pas.* Il fronça les sourcils. Dessous, ses yeux étaient humides. *Pitié, ne te lève pas.* Victor s'ébouriffa les cheveux, perplexe, se mit debout. La pluie martelait les carreaux, Jade l'endurait au niveau des tempes. Victor enfila son jean, tituba un peu, se dégourdit les jambes. Trois pas en diagonale, trois pas en sens inverse. Il s'étirait, faisait craquer ses phalanges. *Tu vas avoir de l'arthrose.* Jade n'espérait pas d'excuses. Simplement des mots intelligents, tendres. Son prénom à la bonne intonation aurait suffi.

— Je suis libre, Jade.

— Et moi j'encaisse ? En fermant ma gueule ?

Ses seins portaient toujours l'empreinte de Victor. Son haleine à lui parfumait sa bouche à elle. Il plissa les lèvres l'une contre l'autre, zigzagua davantage, les bras ballants.

— C'est une histoire de dynamique.

— Pardon ?

— Dans une relation, y en a un des deux qui mène. C'est systématique. Ça n'en fait pas le méchant du truc. Tu dois accepter que tu n'as pas le pouvoir, avec moi. Personne ne me contrôle, point. Je ne céderai pas. Je ne veux pas t'appartenir. Ni à toi, ni à quiconque.

— Pourquoi pas ?

Question pathétique, éructée du tac au tac. Jade s'enroula dans un pull.

— Je suis libre.

— De nous saboter ? Rapport à tes théories débiles ?

— Mes théories débiles… C'est ça qui t'a séduite, à la base.

Jade ne sut que riposter. Elle tira sur ses manches, se recroquevilla en dedans. Minuscule. Dès qu'elle s'en rendit compte, elle gonfla la poitrine. Victor s'installa au coin du lit.

— Si je te téléphone, c'est par envie. Pas par pression, culpabilité ou contrainte.

Ses phrases paraissaient des nécroses. Noires, pestilentielles. Dix minutes plus tôt, ils s'apprêtaient à… Que s'était-il passé ? Jade se demanda si Victor bandait encore.

— Pourquoi tu me balances ces saloperies ?

— Je te respecte. Depuis le début. Tu mérites que je sois honnête, pas que je te serve les mythos que tu veux entendre.

— Je comprends pas, tu me largues ?

— Non, je t'explique.

— Tu m'expliques que tu n'as pas besoin de moi ? Ni de me téléphoner ?

Victor se dressa sur ses pieds nus, chercha son sweat, ses Converse.

— Qu'est-ce que tu fous ?

— Je m'en vais.

Il avait chuchoté sans colère. *Je m'en vais.* Au diapason d'un : *Il flotte.* 11 h 11. Jade fut bombardée de pulsions. Hurler, le retenir, mordre, revenir en arrière, dans la ouate mauve du lit. À la place, elle saisit le domino sur sa table de chevet et vacilla jusqu'à la fenêtre. Empotée, elle l'ouvrit afin d'éjecter le domino. D'étage en étage, sa chute fut muette.

Jade tomba à genoux, Victor la rejoignit, l'enlaça.

Elle lutta une seconde, or elle étoufferait si elle ne pleurait pas.

— Jade…

Victor la berça à la manière d'un bébé, lui parla tout près, les syllabes ricochèrent contre ses cheveux. Ses mâchoires se contractèrent. Jolies mâchoires de garçon, ciselées.

— Je refuse de te faire du mal, Jade.

— Trop tard.

— Désolé. Je suis qui je suis.

— Je sais. Et je sais que tu vas me détruire, en vrai.

Une larme ralentit sur la pommette de Jade.

Victor la lécha du bout de la langue.

Puis il embrassa son front.

— T'es résignée à morfler, hein ? Par ma faute ?

— Bah… ouais.

Victor sanglotait aussi ; son torse frissonnait, son sweat, ses cils.

Il renifla, lâcha Jade, se dirigea vers la sortie.

Sévère, soudain.

— Où tu vas ?

— Je me répète, je refuse de te faire du mal. Même si toi, t'es consentante. Garde une bouteille de vin planquée ici. On se reverra un jour.

— T'es en train de me dire *au revoir* ?

— Je suis en train de te dire *je t'aime*.

Victor ne claqua pas la porte, il envoya un baiser à Jade dans l'embrasure.

Demain, elle irait récupérer son domino sur le trottoir.

Ce n'était qu'un *clash*, ça ne signifiait rien.

Janvier

Nirvana, « Love Buzz »

#1

Comme à chaque soirée, le ventre de Jade était électrique.

Un peu la faim, un peu le stress. Elle avait trois bières d'avance sur les autres, ingurgitées pendant qu'elle se préparait. Ça ne se voyait pas, juste, elle parlait moins dans la voiture. Quand, en face, des phares perçaient l'habitacle, Jade apercevait ses lèvres en travers du rétro intérieur. Gloss prune. Ses cheveux voletaient, le volume de la musique était odieux. Ça gommait la nécessité de participer aux bavardages. Bien sûr, à un moment sonnerait le terrible *On arrive.* Alors ce serait l'angoisse, il conviendrait de mettre le schéma en place : saluer, raquer, sourire. Pour l'instant, Jade était à l'abri sur la banquette arrière. Bastien conduisait, Sibylle tirait la tronche côté passager. Elle boudait Jade en continu depuis plusieurs semaines, la boudait d'autant plus que Bastien l'avait invitée à ce concert. Jade tâchait de s'en foutre. La dispute avec Victor datait de dix jours. Silence radio à partir de là. Jade avait bossé, elle était sortie, elle avait fréquenté du monde. Pourtant, l'absence de Victor l'escortait H24. Jade lança un coup d'œil à la fille sur sa droite,

Diane. Chignon brun, escarpins, robe fourreau, caban. Un parfum vanille-encens, masculin et corsé. Jade en conçut une affection immédiate.

— Tu taffes à Alice Caprices, c'est ça ?

Sibylle leur adressa un regard mauvais dans le rétro.

— Ouais.

— Ça te plaît ?

Jade baissa le ton.

— C'est… une certaine initiation à la parfumerie.

— J'ai travaillé à Marionnaud un hiver. Monoprix, ça aurait été équivalent. Là, je suis en CDD, boutique de niche en plein 16ᵉ. La clientèle est passionnée, exigeante. Adieu, les dindasses qui veulent le *flanker* à la mode.

Diane ôta une flasque de son sac.

— Vodka-cranberries, ma recette perso ! Faut la boire, ils nous laisseront pas entrer avec.

La flasque tourna, même Bastien en goûta une gorgée.

Les pneus crissèrent sur les derniers virages, un ou deux feux rouges furent grillés, *attention aux flics*. Ça s'esclaffait dans la voiture. On augmenta encore le volume de la musique. Jade eut un vertige en ouvrant sa portière, ses talons ripèrent sur le parking de la salle de concert. Ils durent braver la file d'attente, casquer le prix du vestiaire, se faire tamponner le poignet. Les videurs chahutèrent une bande de jeunes dans leur dos. Fort. Près des chiottes, une nana gifla un mec qui lui avait fourré sa main au cul. Autour, ça suintait, ça s'agitait. Un bar, des serveurs phosphorescents, des rictus. Les basses malmenaient les viscères. Jade aurait pu exploser – d'excitation ou de chagrin, elle ne savait pas exactement. Bastien commanda quatre pintes. Sibylle et Diane sirotèrent les leurs, Jade éclusa. Slim noir, caraco de soie violette d'où menaçaient de s'échapper ses mamelons. Des sifflements et des cris accompagnèrent la fin d'un morceau. Les poils de Jade se hérissèrent. Elle devait dissimuler. Selon ses parisiens de copains, c'était usuel, *chill*. Nul motif de s'exalter, eux n'étaient pas des pégus des falaises.

— On s'approche ? lui brailla Bastien à l'oreille.

— Grave !

Sur scène, les garçons étaient cinq.

Ils offraient un rock sauvage, ponctué de larsens. Jade aima tout. Les projecteurs esquissant leurs silhouettes androgynes, la saccade des bassins, les tatouages, le guitariste assis sur un ampli, ses doigts, qu'elle imaginait ailleurs que sur les cordes. Jade bloqua sur le chanteur. Ses yeux métalliques, ses cheveux décolorés en gris. Il portait des boots, un tee-shirt à l'effigie des Doors. Elle humait son odeur d'ici : une conjugaison de menthe, de crasse et de tabac. Bastien posa un bras sur l'épaule de Jade. Ils dansèrent, se percutèrent, tanguèrent. Jade se sentait prête à se battre contre son ombre. Crever pour rien. Elle repensa aux jeunes tabassés par les videurs. Le bruit d'une arcade sourcilière qui se fendait était assez cru. Ça produisait un son similaire, quand Mamie marchait. Une fille atteignit Bastien, ils se *checkèrent*. Jade fut bouleversée. Cette fille… une sorcière. Brassière, pantalon en toile ornée de fleurs turquoise, talons aiguilles. Surtout, d'interminables boucles d'un noir bleuté. La sorcière ne *checka* pas Jade, leva sa brassière en direction de la scène. Oh, l'effronterie des deux seins blancs, symétriques. Ils disparurent sous le tissu, tandis qu'elle riait. De nouveau des applaudissements, des cris. Les musiciens remercièrent, se retirèrent en coulisses, chargés de leurs instruments. Sauf le chanteur. Lui sauta de la scène d'un bond léger, avant d'embrasser la sorcière.

Bastien se pencha vers Jade.

— C'est un de mes potes. Il s'appelle Jesse. Sa meuf, c'est Lou.

— OK.

— Je vous présente Jade.

Lou fila vers le bar. Jesse tendit une main à Jade, qu'elle serra.

— Je te fais pas la bise, je transpire.

— Pas de souci.

Jesse se focalisa sur Bastien.

On avait éteint les projecteurs, des néons défiguraient la salle. Jade remarqua les bavures de mascara, les pores dilatés, les veinules dans les yeux. Elle épia Jesse, si puissant du haut de son estrade, si rock'n'roll. Maintenant descendu, il s'agissait d'un gars voûté et maigre.

Jade réalisa que Diane et Sibylle avaient déserté.

Elle eut la nausée. Peut-être était-ce la vodka de Diane ? L'ambiance ? L'indifférence de Jesse et Lou ? Jade navigua à vue parmi la foule. Dix jours qu'elle naviguait à vue, de toute façon. *Chut*. Ce bruit d'arcade sourcilière brisée la hantait, la galvanisait. *Chut*. Quelque chose vrilla dans sa poche, elle y glissa l'index. Son domino. *Chut*. Rallier les toilettes. Jade inspecta son reflet. Sexy, elle était sexy. Le teint exsangue mais les lèvres couleur prune. Sans déconner, Victor se montrait intransigeant. Un quart d'heure d'embrouille révoquait les semaines d'amour ? Et leurs nuits ? Comment renoncer, renoncer à eux ? Pourquoi les gens osaient ça, l'inconséquence ? Jade s'aspergea le cou au robinet, la poitrine. Tête qui flanche. À tâtons, elle s'orienta vers une cabine. Dès qu'elle s'agenouilla devant la faïence, elle vomit sa vodka. Putain, si on lui souhaitait la bonne année, elle frapperait. Au sang. Où était Victor, ce soir ? Qu'est-ce qu'il faisait ? La gueule, obligé. Les larmes. Il était ravagé, n'est-ce pas ? Impossible de sourire. Ou somnoler. Impossible qu'il respire. Et si c'était le cas ?

S'il en baisait une autre ?

S'il étalait ses effluves d'amande sur une autre ?

Vérifier. Par quel moyen ? Victor n'était pas sur les réseaux sociaux. Ni Instagram, ni Twitter, ni Facebook. Que dalle. Espèce de dégénéré. Alors espérer le croiser au hasard, à un concert. Espérer le croiser partout. Les amoureuses étaient romantiques, dans les livres, éplorées. Pas Jade. Elle désirait Victor comme une brute. Comme une bête. Elle haïssait ceux qui avaient accès à lui, ceux qui jouissaient de sa voix, de ses fossettes et de sa blondeur.

Dites-lui, vous, que je chiale dans les chiottes.

Que j'ai envie de m'éclater le crâne contre les murs.

— T'as pas l'air bien…

Deux mains cramponnèrent la taille de Jade.

Retour à la verticale, centre de gravité introuvable.

Jade se retourna vers Lou, 0 h 13.

Sa bouche était maquillée de bleu.

— Je te ramène chez toi ?

#2

Lou se douchait. Pénurie de métro cette nuit, donc elle avait dormi chez Jade. Jade qui, ce matin, dérouillait. Grosse migraine. Elle étudia sa chambre du regard. Les affaires de Lou étaient éparpillées au sol. Le pantalon à fleurs, la brassière, les talons. Ce serait chelou de… Jade enfila un pull, un bas de pyjama. Elle guetta le chuintement de l'eau dans la salle de bains. Chelou de… Tant pis, Jade ramassa la brassière de Lou, la porta à ses narines. Le tissu rendait hommage à la reine des fleurs blanches : la tubéreuse. Son sillage aux relents putrides et charnels évoquait les charognes. Une fois cueillie, ses pétales diffusaient leur parfum narcotique pendant quarante-huit heures. Jade avait aussi lu que, dans l'Italie de la Renaissance, on interdisait certains jardins aux jeunes filles, car les tubéreuses qui y poussaient auraient pu les envoûter. Le pommeau de douche clapota contre le mur. Jade lâcha la brassière et se rua vers son lit. Quelques sons sourds, désordonnés, puis Lou quitta la salle de bains. Nue. Jade détourna les yeux, Lou s'habilla.

— Je me suis permis. La douche. Je voulais attendre que tu te réveilles, mais…

— Pas de problème.

Lou se plaça devant la fenêtre, observa la rue. Il émanait d'elle une force subtile, logée dans ses hanches.

— T'es OK, Jade ?

— Ouais. Merci pour hier.

— T'inquiète. J'ai faim, pas toi ?

À vrai dire, Jade voulait se laver, roupiller. Or il y avait dans le ton de Lou cette douceur qui lui plaisait. Elle loucha sur ses bras couverts de tatouages. Beaucoup de symboles : des feuilles, des libellules, des triangles, des runes, des serpents, un croissant de lune.

Jade ouvrit le placard au-dessus de l'évier.

— J'ai de la confiture. Des biscottes périmées. Et des calissons.

— Nickel !

Tiens, Jade n'avait pas songé à Victor, aujourd'hui ; oubli réparé.

Elle empila la nourriture sur un plateau et s'assit en tailleur face à Lou. Lou qui ne l'avait pas *checkée*, au concert. Seraient-elles potes ? Jade avait l'intuition que si on conservait ses amis d'enfance, il devenait compliqué, en grandissant, d'allouer une place aux autres.

Son psoriasis démangeait, encore et encore, elle gratta son nombril.

— T'as quoi au ventre ?

— Du psoriasis.

— Tu somatises, peut-être ? C'est pas facile, les déménagements…

Jade fronça les sourcils.

— T'es au courant que je ne suis pas d'ici ?

— Oui, tu me l'as confié cette nuit.

— Désolée…

— C'est moi. Je ne voulais pas être intrusive.

— Tu ne l'es pas.

Lou sourit. Ça apaisa les démangeaisons de Jade.

— C'est intéressant, reprit Lou. Les réactions de la peau.

— Intéressant ? J'aurais opté pour casse-couilles.

— Non, ton épiderme essaie de t'aider. T'as chamboulé ta *life*, t'es paumée… Il génère des cellules en trop dans le but de te protéger. De te construire une armure.

— Ah ? J'avais l'impression qu'il m'emmerdait.

Lou remua ses boucles. Le cyclone noir bleuté mortifia Jade : Lou avait les cheveux plus longs qu'elle. La sorcière enfourna une cuillère de confiture, cligna des paupières.

— Dommage, cette vision qu'on a de notre corps.

— Quelle vision ?

— On le martyrise tout le temps. Moi, le mien, je l'affame. Il est gras, moche, trop ci, pas assez ça… Je suis suspicieuse à son égard, tu vois ? Comme si le moindre gargouillis était un symptôme. Si ça se trouve, c'est des messages à écouter. Ton psoriasis, pareil.

— Le corps, ça nous pourrit la vie.

— Ou c'est nous qui pourrissons la vie de nos corps ? On est remplis d'ondes, d'émotions, d'énergies. On doit évacuer. Sinon, ça stagne, et c'est la maladie.

— Les évacuer ? Comment ?

— Rire ? Danser, je suppose. Méditer, faire l'amour, lire…

Jade eut chaud dans les pommettes.

— Ça me tue.

— Quoi ?

— Que tu te penses moche.

Lou haussa les épaules. Ses yeux étaient bleus.

— T'es si extravertie, ajouta Jade. Au concert, t'as sorti tes boobs !

— Ils sont moches, pas en prison.

Jade sourit, Lou soupira.

— C'est déjà épuisant de vivre. Vivre en étant soi, c'est plus pragmatique. Tu mets quoi, sur ton psoriasis ?

— Une crème de mon docteur. Un machin chimique pas efficace.

— Je te filerai des plantes. Elles ont remplacé les médocs dans ma trousse de secours.

— Quelles plantes ?

— Le psoriasis, ce serait régulation cutanée, stress, inflammation. Hmm, infusions de bardane, de camomille. Plus du cassis. Et du curcuma en poudre.

— *Why not*. Tu prenais des médocs ?

— Des antidépresseurs, ça m'a déglinguée. Maintenant, Jesse se moque de moi. De mes tisanes, de mes compléments alimentaires. Le pire, c'est quand je médite. Après, il me demande si je suis alignée dans mon féminin sacré. N'empêche, ça me guérit.

— T'es bien une sorcière.

Jade eut peur de passer pour une imbécile.

— De ouf, acquiesça Lou. Pas toi ?

L'odeur de tubéreuse bourdonnait entre les murs.

— Tu veux une bière, Lou ?

— Allez.

Ne restaient que trois cannettes dans le frigo de Jade.

Dès que deux furent bues et la troisième partagée, elle courba le buste afin de fouiller sous son lit. Ses doigts localisèrent la bouteille de vin. La secrète, celle à destination de Victor. *Garde une bouteille de vin planquée ici. On se reverra un jour.* Qu'il aille au diable, Jade se soûlerait en compagnie d'une sorcière. *Je refuse de te faire du mal.* Elles papotèrent plusieurs heures, se flattèrent des points communs, trafiquèrent les divergences, les muèrent en points communs bonus. À un degré précis d'alcool, Jade et Lou triomphèrent du verbe.

— C'est si frustrant…, déclara Jade. Traduire ce qu'on a dans la tête.

— Et l'interlocuteur capte *via* son prisme.

— Nous, ça va, c'est fluide. On ne traduit pas : on parle la même langue.

— Coup de foudre, meuf !

Elles débitaient, sans jamais s'interrompre. Cette harmonie de conversation les subjuguait. Leurs bouches brillaient, elles se caressaient les mains par inadvertance, la bouteille était vide. Jade et Lou se mirent debout. Engourdies, des fourmis dans les pieds. L'ébriété assouplit leurs trajectoires. Elles se sentirent glamoureuses. Mieux, elles se sentirent complices.

Lou se posta à la fenêtre.

Dans le ciel agonisaient mille nuages.

C'était magnifique.

— Bon, je vais rentrer.

— OK.

— On se revoit *soon* ?

Jade se racla la gorge.

— Je sais pas…

— Pourquoi ?

— La dernière personne que j'ai kiffée m'a blessée.

Lou posa ses paumes sur les joues de Jade, lui embrassa le coin des lèvres.

Picotements multiples ; les énergies, ou sa sorcellerie.

— N'abîme pas mon cœur, je n'abîmerai pas le tien.

#3

La place Vendôme était considérée comme l'un des *fleurons* du luxe mondial. Son architecture demeurait homogène depuis le XVIIe siècle : façades en arcades, réverbères coniques, balcons où chatoyaient des dorures. En son centre trônait la colonne Vendôme, au sommet de laquelle une statue de Napoléon avait succédé à celle de Louis XIV. Ici, entre les joailliers et les horlogers, Zacharie Mignard avait résolu d'implanter sa boutique.

L'idée avait germé en 2017.

À ce stade, son talent de créateur lui valait le respect de la profession. Il avait signé plusieurs dizaines de jus, dont nombre de *best-sellers*. C'était un nez reconnu. Mais après avoir œuvré une décennie dans la parfumerie classique, cet autodidacte avait ressenti le besoin de se libérer de ses contraintes. Attiré par la parfumerie de niche, il avait envisagé d'élaborer des parfums audacieux, en son nom. Sa marque s'intitulerait « À fleur de ciel ». Chaque fragrance reposerait sur un triptyque olfactif. Les flacons seraient ronds, transparents et colorés par le seul liquide qu'ils contiendraient, avec un bouchon ciselé en nuage.

D'abord, Zacharie dut en imaginer trois afin de les présenter aux investisseurs. Sa triade serait constituée d'*Ivresse* (jus noir ; champagne, orchidée, caviar), *Émulsion* (jus vert ; feuilles de fraisier, basilic, pistache) et *Rêverie* (jus violet ; glycine, fougère, talc). La marque fut brevetée, les locaux acquis.

À fleur de ciel rencontra un succès inédit.

Zacharie apportait un soin obsessionnel aux détails, qu'il soit question de la décoration de sa boutique, de la confection de ses parfums ou de la communication autour de son enseigne. Ainsi, en accord avec les traditions de la niche, les lancements s'abstenaient de publicité. On distribuait aux clients fidèles des cartes parfumées retraçant la genèse du jus. Petite coquetterie : Zacharie fit fabriquer des miniatures de ses flacons qui, en vertu de leur forme, pouvaient être montées en pendentif. Quatre fragrances supplémentaires furent développées. *Averse* (jus bleu ; lichen, tilleul, nénuphar), *Canicule* (jus jaune ; concombre, bambou, citronnelle), *Pucelle* (jus rose ; pivoine, graphite, groseille) et *Collation* (jus brun ; noix, benjoin, confiture de lait).

Le milieu encensait invariablement le brio de Zacharie.

Grisé, il repoussa les limites.

Son parfum de juillet s'appelait *Marée*. Un jus orangé aux notes de galets, d'ylang-ylang et d'étoile de mer. Ses facettes salées avaient beaucoup divisé. Zacharie refusait de révéler les formules de ses fragrances, il refusait également de se cantonner aux fleurs et autres notes conventionnelles. Dans une interview, il avait affirmé que c'étaient les odeurs qui le fascinaient, non les parfums. À l'avenir, il ne s'interdirait plus rien. Vinyle, flamme, givre, pollen, soie, craie, et pourquoi pas hémoglobine. Tel était son rôle de nez, l'innovation.

D'ailleurs, il avait prévenu : prévue en février, sa nouveauté ferait scandale.

Le mythe À fleur de ciel.

Or, pour les profanes, il s'agissait d'une jolie boutique place Vendôme. Les parfums étaient exposés dans la salle, agencée en jardin d'hiver. Les murs affichaient une peinture lilas aux finitions chromées. Suspendus en hauteur, des vases d'argent ruisselaient de lierre. Sous d'énormes cloches en verre, on humait des pétales séchés, des baumes rares, des essences. Zacharie fit même bâtir une fontaine de marbre noir. En coulaient, lors des lancements, les trois notes du jus à l'honneur. Le labo se déployait à l'étage. Des centaines de flacons d'absolues, d'extraits, la plupart très onéreux, des pipettes, des mouillettes, des béchers gradués, un préparateur en blouse. Sous la boutique, la cave avait été aménagée en bureau au goût de Zacharie. Mobilier boisé, bibliothèque, gramophone, carnets à spirales et un bonsaï nommé Lully, qui dépérissait dans ces ténèbres aux effluves d'ambre et de café.

*

Cette nuit, Jade avait postillonné un message sur le répondeur de Victor. Des mots honteux, des suppliques. Elle aurait débarqué chez lui si elle connaissait son adresse.

Le lendemain, elle retourna au cabinet médical.

— C'est toujours du psoriasis, mademoiselle.

— OK, mais je n'ai toujours pas de solution.

— Vous appliquez la crème que je vous ai prescrite ?

— Oui.

— Continuez.

Jade se surprit à glousser. Le médecin se renfonça dans son fauteuil, la jaugea du bout des yeux. Lui ne fut pas surpris. Disons qu'il semblait las : c'était fréquent, les jeunes actifs qui basculaient. Il réajusta le col de sa blouse, cliqua sur le bouton poussoir de son stylo.

— Je peux vous remettre de la crème. Et des anxiolytiques.

— Des anxiolytiques ?

— Du Xanax faiblement dosé. Ça vous aidera à dédramatiser.

Jade songea à Lou qui désapprouverait. Au séisme dans son œsophage dès qu'elle essayait de se nourrir. À Mamie qui la jugerait émaciée. Elle songea à Victor.

— Y a des effets secondaires ?

— Aucun médicament n'est anodin.

Fais confiance à ton médecin, Jade, c'est son métier. Est-ce que ça signifiait qu'il l'exerçait correctement ? En sortant de la pharmacie, elle s'acheta un paquet de cigarettes.

Qu'est-ce que ça foutait ?

*

— Allô, Mamie ?

— *Ça va, ma Poupée ?*

— Bof… Le psoriasis.

— *C'est dans ta tête !*

— Et sur ma peau.

— *Tu as le contrôle, ma Poupée. Tu peux cicatriser du jour au…*

— Mamie ?

— …

— Mamie ? Tu m'entends ?

— …

— Je ne sais pas si tu m'entends, je suis dans le métro. Allô ? Mamie ? On se rappellera ?

Février

Lana Del Rey, « Lolita »

#1

Maintenant, quand Jade se rendait à Alice Caprices, le soleil était levé. Or l'aube persistait jusqu'à midi dans des cieux blancs. Le froid se faisait solide, les mouvements douloureux, comme si les doigts risquaient de se briser. Jade accéléra. Respirer lui juchait des épines dans les poumons. Garé à l'entrée de la boutique, un camion de livraison gênait le passage.

Ce matin, le 3 février, Alice Caprices recevait le nouveau À fleur de ciel.

Jade franchit le seuil. Sibylle s'échinait à dépecer un carton, Pam se bagarrait avec un présentoir. Aucune des deux ne salua Jade. Le présentoir était noir. Dessus, Pam accrochait des cartes où l'on voyait une bouche maquillée, un tronçon de route et un verre d'alcool. La création était baptisée *Ecchymose.* Jade se précipita vers les flacons, dans le carton de Sibylle.

— T'es pas obligée de me rentrer dedans.

— Oh, ça va !

Jade saisit l'un des bouchons nuage.

Le jus était rouge, presque du sang. Elle en pulvérisa sur une mouillette, patienta afin que l'alcool s'évapore. Puis elle renifla la fragrance. L'entrée suggérait un whisky crémeux, écœurant, ensuite s'installait une note grasse et riche, cosmétique, du genre rouge à lèvres. Montait enfin un artifice. De l'asphalte. De l'asphalte sous une averse de pluie.

— Waouh…

— Bon, gronda Pam, dix minutes et on ouvre. Activez-vous.

Jade se mit au travail. Bientôt, l'effervescence régna dans la pièce. Pas spécialement à cause d'*Ecchymose*. Parce que c'était la Saint-Valentin d'ici deux semaines. La boutique accueillit beaucoup de garçons égarés, désireux d'offrir du parfum à leur amoureuse - et de s'en tirer à bon prix. Pam avait recommandé de conseiller les produits Alice Caprices en priorité.

Vers onze heures, l'anarchie fut totale.

Parmi la horde, un homme se distingua. Élégant, la quarantaine. Il arborait un caban, un chino, des derbies et une chemisette rehaussée d'un nœud papillon. Ses cheveux étaient gominés, ébène. Des lunettes à monture épaisse, style Buddy Holly, lui mangeaient le visage.

Jade l'apostropha.

— Bonjour, je peux vous renseigner ?

— Je cherche un parfum atypique. Vous avez ça en magasin ?

Sa voix était éraillée, juste ce qu'il fallait.

— Suivez-moi.

Elle l'entraîna vers le présentoir d'*Ecchymose*, imbiba une mouillette, la lui tendit. Curieux, l'homme la flaira. Il avait de belles mains, fuselées et volontaires.

— Quel est votre avis ? interrogea-t-il.

— En ma qualité de marchande, ou en ma qualité de jeune femme ?

Il scruta le badge sur sa poitrine.

— En votre qualité de… Jade.

— Cette fragrance est déconcertante.

L'adjectif plut à l'homme, qui sourit.

— Excellente pour ceux qui ne souhaitent pas exhaler l'âme d'une marque de luxe, accentua Jade. Ou l'âme Alice Caprices.

— Vous aimez votre employeur, c'est chouette. Vous le porteriez ? *Ecchymose* ?

Jade sentit qu'une connivence les liait. À tort ou à raison. Ça lui donna envie d'être sincère. Une connivence ou l'action des anxiolytiques dont elle avait entamé une plaquette.

— Non, je ne porte pas de parfum.

L'homme se pencha sur elle. Son cou. Quinze centimètres les séparaient.

— Vous n'avez pas élu le bon ?

— C'est ça.

— Condoléances.

Il avait regagné son axe, mais Jade percevait toujours son odeur. De l'ambre gris, une substance tantôt iodée, tantôt boisée. Cet homme était définitivement cool.

— *Ecchymose* ne sera donc pas l'élu ?

— Soyons francs, c'est une merveille. Je le trouve féroce, quasi carnivore. Perso, je suis déjà d'humeur à tuer, inutile d'en rajouter.

L'homme pouffa, lissa ses cheveux d'un geste sirupeux. Jade se détendait. Ses hanches s'incurvèrent, elle posa la pointe d'une bottine derrière le talon de la deuxième.

— Selon vous, Jade, les parfums ont cette faculté ? Augmenter nos humeurs ?

— Ils ont cette fonction. Exprimer, avertir. Le sillage, c'est l'identité. À la base, y a une notion de bestialité dans les odeurs. Par exemple, la sueur est primordiale, elle indique si quelqu'un nous émoustille ou nous débecte. Les cheveux aussi, qui grouillent de phéromones. On réduit les parfums à la sensualité, on se trompe. Y compris en termes de sensualité, d'ailleurs.

— C'est-à-dire ?

— La sensualité, aujourd'hui, c'est le glucose. On devrait célébrer le cuir chevelu, l'haleine. Tenter la volupté, les fleurs en décomposition.

— La jouissance des corps.

— Oui, voilà.

Jade fit la grimace.

— Quoi ?

— Je pensais à *Jicky*, d'Aimé Guerlain. Un monument de 1889. Une Anglaise l'avait largué, Guerlain a raconté cette histoire au lieu de se borner à imiter la nature, à la figurer. Il a marié la lavande et la civette. La civette, ça provient des glandes d'un petit félin et ça pue la…

— … la matière fécale.

— Exact.

Dans le dos de l'homme, Sibylle rangeait des flacons, encaissait des clients, trottinait en diagonale. Souvent, elle envoyait des regards exaspérés à Jade, qui s'en cognait.

— C'est ça, les odeurs, poursuivit-elle. Ou le poème de Baudelaire.

— « La chevelure » ?

— Non. « Une charogne ».

L'homme caressa son nœud papillon.

— Vous parliez de la fonction du parfum. Ça m'intéresse.

— J'en liste tellement. Vous écoutez de la musique classique ?

Il se raidit, agrandit la distance entre eux. Jade avait dû se montrer arrogante. La faute aux médicaments. Elle tortilla sa tresse, enchaîna :

— Parfois, lors d'un silence, on chope un soupir. Ça dure une fraction de seconde. C'est le chef d'orchestre, ou un musicien, impossible de savoir. Les jus devraient avoir la majesté de ce soupir. Sauf que la parfumerie, c'est plutôt les gens qui toussent au fond de la salle.

L'homme sourit une énième fois, des virgules se dessinèrent sous ses yeux.

— Vous avez de l'esprit !

— Et vous, vous avez du goût. J'adore l'ambre gris.

Ses sourcils crochetèrent. Jade, elle, sursauta. Deux mains furieuses avaient enveloppé ses épaules.

— C'est un plaisir de vous avoir ici ! Excusez ma vendeuse, elle ne vous a pas reconnu.

Pam évinça Jade puis, dans un voile de patchouli, emmena l'homme en direction de l'arrière-boutique.

Il se laissa guider. Sibylle en profita et se planta, bras croisés, devant Jade.

— T'as pas bavé trop de conneries, j'espère ?

Jade serra les poings.

— Pourquoi ?

Elle ravala le « pétasse » de circonstance.

— Ça fait un quart d'heure que tu gaves Zacharie Mignard !

Les organes de Jade se racornirent.

Z-a-c-h-a-r-i-e-M-i-g-n-a-r-d.

— Va en caisse ! Les clients s'énervent !

Jade rallia le comptoir, fit claquer ses talons. On la rabroua, on lui demanda des paquets cadeaux, des remboursements, des échantillons gratuits. Quand midi sonna, l'affluence s'émoussa peu à peu. Alors Pam et Zacharie quittèrent l'arrière-boutique. Pam triturait sa blondeur, minaudait, galbait les lèvres. Ils allaient probablement déjeuner ensemble. Au niveau des portes automatiques, Zacharie se figea. Il fit demi-tour, avança jusqu'à la caisse.

— Nous organisons le lancement d'*Ecchymose* à la boutique, le soir de la Saint-Valentin.

Il ôta de sa poche une invitation, qu'il glissa à la ceinture de Jade.

— Vous me ferez l'honneur ?

— Comptez sur moi.

Le papier sentait *Ecchymose*, l'ambre. Jade en fut sidérée. Zacharie partit. À son bras, Pam oscillait : contrariété, ou euphorie, ou convoitise.

— Putain, tu caches bien ton jeu !

Les boucles orange de Sibylle. Jade eut la haine.

— T'es jalouse, Sibylle.

— Pff, de toi ?

— Ouais. Tu boudes depuis Bastien. On s'apprécie, ça ne te l'enlève pas en tant qu'ami.

— Je ne boude pas, c'est…

— Ce matin, t'es blasée par mon coup de chance avec Zacharie Mignard.

Jade s'approcha en la toisant, Sibylle recula d'un pas.

— T'es superficielle. Si déter à plaire qu'on ne sait pas qui tu es. Et tu ne veux pas réussir, tu veux que les autres perdent. S'ils progressent, tu le vis comme un échec.

— Jade, tu… ?

Elle s'approcha encore, la coinça contre un mur. Dans les rayons, plusieurs clients s'étonnèrent. Jade ne s'en soucia pas. Le temps s'était arrêté, fauché par sa délicieuse colère. Sibylle semblait paniquer, Jade en fut ravie. Elle savoura cet instant, le prolongea.

— On n'a pas le droit d'être heureux à côté de toi, faut minimiser, ne pas t'offenser, te payer un impôt sur la joie. Est-ce que je suis trop polie ? Trop sensible ? Ou est-ce que ça vient de mes cheveux de Barbie ? Qu'est-ce qui te fait imaginer que tu peux me traiter de cette manière ?

Elle avait piégé Sibylle, Sibylle dont le front s'humidifiait, Jade la dominait, leurs pouls battaient en synchronie. Ça rugit dans son estomac. Un appétit animal.

— Désolée, Jade. On reste copines ?
— Non. T'es une connasse.

*

Charles Baudelaire
Les Fleurs du mal

Une charogne

Rappelez-vous l'objet que nous vîmes, mon âme,
Ce beau matin d'été si doux :
Au détour d'un sentier une charogne infâme
Sur un lit semé de cailloux,

Les jambes en l'air, comme une femme lubrique,
Brûlante et suant les poisons,
Ouvrait d'une façon nonchalante et cynique
Son ventre plein d'exhalaisons.

Le soleil rayonnait sur cette pourriture,
Comme afin de la cuire à point,
Et de rendre au centuple à la grande Nature
Tout ce qu'ensemble elle avait joint ;

Et le ciel regardait la carcasse superbe
Comme une fleur s'épanouir.
La puanteur était si forte, que sur l'herbe
Vous crûtes vous évanouir.

Les mouches bourdonnaient sur ce ventre putride,
D'où sortaient de noirs bataillons

De larves, qui coulaient comme un épais liquide
Le long de ces vivants haillons.

Tout cela descendait, montait comme une vague,
Ou s'élançait en pétillant ;
On eût dit que le corps, enflé d'un souffle vague,
Vivait en se multipliant.

Et ce monde rendait une étrange musique,
Comme l'eau courante et le vent,
Ou le grain qu'un vanneur d'un mouvement
rythmique
Agite et tourne dans son van.

Les formes s'effaçaient et n'étaient plus qu'un rêve,
Une ébauche lente à venir,
Sur la toile oubliée, et que l'artiste achève
Seulement par le souvenir.

Derrière les rochers une chienne inquiète
Nous regardait d'un œil fâché,
Épiant le moment de reprendre au squelette
Le morceau qu'elle avait lâché.

— Et pourtant vous serez semblable à cette ordure,
À cette horrible infection,
Étoile de mes yeux, soleil de ma nature,
Vous, mon ange et ma passion !

Oui ! Telle vous serez, ô la reine des grâces,
Après les derniers sacrements,
Quand vous irez, sous l'herbe et les floraisons grasses,
Moisir parmi les ossements.

Alors, ô ma beauté ! dites à la vermine
Qui vous mangera de baisers,
Que j'ai gardé la forme et l'essence divine
De mes amours décomposés !

#2

— Tu ne mentais pas, Sibylle est une connasse.

Jade acquiesça.

L'appartement de Lou était encombré. Des meubles de récupération couverts de tissus, de pierres et de bols tibétains. Dans l'un d'eux brûlait de la sauge. Elle libérait une fumée sinuant jusqu'au plafond. Lou avait promis que la sauge nettoierait Jade, que ça faisait partie du rituel. Elles sirotaient des infusions ortie-absinthe. Si elles lâchaient leurs tasses, Sweeney Todd, le chat de Lou, en lapait plusieurs gorgées. Dans la chambre, Jesse jouait de la guitare. Elles l'entendaient gratter les cordes, froisser ses partitions. Les fenêtres étaient closes, les odeurs s'enchevêtraient en bouquet vénéneux : sauge, cigarette, fourrure de chat, tubéreuse, bougie.

Ça étourdissait Jade. Sur son crâne, la coloration chauffait.

— T'es sûre de toi, Lou ?

— Tu me vexes ! Je suis coiffeuse.

Lou bossait dans un salon du 11e arrondissement, pratiquant la coloration végétale et les soins naturels. Surtout, la coupe énergétique. C'est-à-dire la stimulation des méridiens grâce aux vibrations des ciseaux, ou du rasoir. Le concept était inspiré par la médecine chinoise. Ce soir, Lou avait décidé de transformer Jade. D'abord, blondir certaines mèches, puis les teindre en rose. Ensuite, malgré ses réticences, elle lui rafraîchirait les pointes.

— Jade, développe.

— Quoi ?

— Zacharie Bidule.

— Rien de dingue. Je vais à sa soirée de lancement, c'est place Vendôme. On verra.

— Rien de dingue, j'avoue. Simplement le gratin de la parfumerie.

Lou se leva, raviva la sauge en soufflant dessus. Éclaboussures de fumée. Elle était vêtue d'une robe en velours. Sur ses bras tatoués reposait un châle à breloques, qui tintaient dès qu'elle se déplaçait. Dans la pénombre, ses boucles ressemblaient à une flaque d'essence. Elle se mit à danser. Remous hypnotique de ses poignets, de ses hanches. Jade avala sa tisane.

— Je ne veux pas me réjouir trop vite. En arrivant ici, j'avais des tas d'idéaux, des illusions. Y en a un paquet qui ont flambé. Je ne vise plus le bonheur, là. Juste l'absence de catastrophes. Quand je réfléchis à ce qui pourrait potentiellement partir en couille, ça me vrille.

Lou riva ses yeux bleus à ceux de Jade.

— Ça s'appelle l'angoisse, mon ange. Bienvenue à Paris.

Sweeney Todd sauta à la cime d'un meuble, le pétrit de ses griffes.

— Comment j'affronte cette angoisse ?

— *Enjoy*, improvise. Réjouis-toi trop vite ! Qu'est-ce qu'on s'en fiche ? Si Zacharie te déçoit un jour, en attendant, t'auras kiffé. Personne ne t'enlèvera ça.

— C'est naïf.

— Mon pragmatisme… On rince tes mèches ?

La salle de bains de Lou était gothique. Du carrelage noir, un rideau de douche en mode planche Ouija. Jade se déshabilla, s'occupa de ses cheveux dans la cabine. Des gouttes roses et savonneuses coulèrent sur sa peau, sur son ventre en parchemin, dévoré de psoriasis.

— *Fuck*, râla Lou. J'ai mes règles.

La chasse d'eau pompa le jet de la douche.

— J'ai des tampons, si tu…

— Bof. J'applique le flux instinctif.

— Le quoi ?

— C'est pareil que maîtriser son pipi, mais avec les menstruations.

— Tu ne mets ni tampon ni cup ?

— Non.

— Et t'as pas d'accidents ?

— J'ai sacrifié deux-trois culottes, on ne va pas se mentir. Aujourd'hui, je me sens capable d'écouter mon corps. C'est absurde que la norme soit de s'enfoncer des objets chers et toxiques dans le vagin. J'en reviens à pisser : les adultes ne portent pas de couches.

Souvent, les opinions de Lou séduisaient Jade. Ses revendications, sa philosophie édulcorée.

— J'ai fini de rincer.

Par-dessus le rideau, Lou balança une serviette à Jade. Maladroite, elle s'y enroula et enjamba la faïence. Ses orteils trempèrent le tapis en peluche.

— Assieds-toi, je vais trimer.

— OK.

Tandis que la sorcière s'armait de ciseaux, Jade se permit un regard circulaire dans la pièce. Elle repéra un parfum sur le bord du lavabo. *Womanity*, de Thierry Mugler, le couturier à l'origine des notes gourmandes. Actuellement l'éthyl-maltol envahissait les flacons, or dans les années quatre-vingt-dix, en pleine vague aquatique et épurée, il avait été le premier à proposer un jus sucré. Son célèbre *Angel*. Puis naquit *Alien*, indélébile sur les vêtements. En 2010, Mugler livra sa vision de la femme : *Womanity*, une figue salée, poissonneuse.

Le séchoir fit transpirer Jade.

Thierry Mugler était un génie, un extraterrestre. Moins raffiné que Zacharie Mignard, cela dit. Zacharie Mignard se parfumait à l'ambre. Il avait convié Jade au lancement d'*Ecchymose*.

Vous me ferez l'honneur ?

Réjouis-toi trop vite ! Qu'est-ce qu'on s'en fiche ?

Une semaine entière à se fantasmer créatrice À fleur de ciel.

Après tout, on ne devait rendre aucun compte aux rêves.

— T'es prête ?

— Non.

Lou lui fit signe de se mettre debout. Jade nota le tremblement de ses cuisses. Sweeney Todd se frotta à ses chevilles, la queue brandie en point d'interrogation.

— Va devant le miroir.

Jade obéit. Ses cheveux rebondissaient au niveau de sa taille. Une frange asymétrique barrait son front, des mèches framboise louvoyaient çà et là. Le reflet de Lou lui sourit.

— T'es sublime. Manque un truc. Viens !

Elle lui harponna la main ; les filles allèrent au salon.

— Tu me fais confiance ?

— Mouais…

Lou installa Jade sur le canapé.

— Ferme les yeux.

Jade perçut des bruits de pas, des mouvements frénétiques, la guitare de Jesse depuis la chambre, l'infatigable crépitement de la sauge. Sur son nez atterrirent les doigts de Lou.

— Respire, OK ?

— Qu'est-ce que… ? Aïe !

— Ne bouge pas !

La sensation de déchirure fut atroce. Jade s'efforça de rester immobile, de ne pas éternuer. Il y avait du coton imbibé, de l'acier, des effluves d'alcool et de sang.

— Voilà.

Retour au miroir, Jade rouvrit les paupières. Elle larmoyait, ça floutait sa vision. Sa narine gauche pulsait. Au milieu d'une pellicule d'hémoglobine, un anneau y brillait.

— Lou… T'es ouf !

— Et toi, t'es rock. C'est quoi, déjà, le *dress code* pour Zacharie Bidule ?

— « Marquises & Morsures ».

— Tu seras dans le thème.

Jade éclata de rire. Puis se mit à sangloter. Lou la serra contre elle. À travers ses boucles, Jade s'aperçut dans la glace. Une nana barbouillée de sang, chialant sur l'épaule d'une sorcière.

— Tu traînes un poids, Jade, j'ignore ce que c'est.

— C'est… J'ai envie… de crème dessert au caramel.

— De crème dessert ? OK. OK, on va en acheter.

Lou l'enlaçait toujours. Les cordes vocales de Jade se fêlèrent. Du verre qu'on explose.

— Mon appart est hanté.

— Par quoi ?

— Le fantôme de Victor. Je le vois dans mon lit, dans ma douche, au plafond. Y a ses rires partout, ses gémissements… Ses fossettes de bâtard.

— Écris-lui.

— Je lui ai écrit des millions de textos ! J'ai essayé d'être rationnelle, ou détachée. J'ai même essayé le texto pseudo-sexy. Il ne répond jamais.

— Écris-lui la vérité. Que tu l'aimes. Qu'il te hante.

— Non, c'est pathétique.

— Ce qui est pathétique, c'est de chercher des messages *fake*. Alors que « je t'aime », ou « je te vois au plafond », ça, c'est la vérité. Ce que tu ressens, Victor ne le devinera pas.

— Hmm.

— Y a cette expérience sociale, filmée dans un fast food. Des enfants tombent avec leurs plateaux. Ils tombent comme des merdes, ils renversent leurs frites et tout.

— Hein ?

— Personne ne les aide. Sauf s'ils établissent un contact visuel. Là, les gens réagissent.

Jade s'essuya les cils du revers de la main. Elle se déroba, sonda le carrelage. Moitié honteuse, moitié consolée. Sa narine lancinait, elle émit un gloussement fragile.

— Ça pique, tes conneries.

— Le prix de la *hype*.

Les deux rigolèrent, sans excès. Lou marqua une pause avant de renchérir :

— Bref, je comprends ton chagrin d'amour. En plus, Domino, c'est mon ex.

#3

Jade geignait, se contorsionnait. À cause du psoriasis, chaque effleurement devenait une douleur – réelle ou imaginaire. Mais elle refusait de stresser, car elle somatiserait, ce qui la stresserait, et la situation était assez stressante en soi pour stresser.

— Tu t'en sors ? questionna Bastien.

— Une seconde.

Elle lissa sa tenue, s'examina de la tête aux pieds. Collant foncé, minijupe à volants noirs, cache-cœur moulant en dentelle violine, dont le col bateau dévoilait ses épaules. Chignon romantique piqueté de rubans, un maquillage soft, son anneau dans le nez.

— Bon, t'es honnête ?

— *Yes.*

Jade ouvrit la porte de sa salle de bains. Bastien haussa les sourcils.

— Dommage que je sois gay.

— Sérieux ?

— Ouais.

— C'est pas *too much* ?

— Non, t'es nickel.

Jade huma l'odeur de mimosa de Bastien. Elle l'associait à Noël et aux loups, à rouler la nuit, aux crêpes de Mamie. La présence du libraire la réconfortait.

— Tu ne veux pas venir avec moi ?

— L'invitation est nominale, ils vont me refouler à l'entrée...

— Hmm.

— *Go*, Cendrillon, tu vas être en retard !

— Tu m'accompagnes, au moins ?

— J'ai un plan Tinder, je peux pas.

— T'es chiant.

— Ça va, tu te tapes une soirée place Vendôme... Moi, je vais grailler un burger en face d'un gars qui aura cinq ans ou cinq kilos de plus que sur sa photo.

Jade enfila son perfecto, ses bottines.

Au moment de tourner la clé dans la serrure, elle songea que, plus tard, elle rentrerait. Ce serait plié. Lancement d'*Ecchymose*, mission accomplie. Ils avancèrent côte à côte le long de la Seine. Les lampadaires crayonnaient l'onde en orange. Bastien lui claqua une bise et s'engouffra dans un Uber. Jade observa le ciel. La lune y stagnait, sphérique, charnue. Nulle étoile autour. L'astre illuminait en solo, de son mieux, tant pis si son halo demeurait timide.

Hier, Lou avait envoyé un SMS à Jade.

Ça m'a perturbée, ta réaction par rapport à Victor.

Je voudrais qu'on prenne nos distances.

Combien d'abandons une poitrine pouvait-elle stocker ? *Salope*. Lou. Victor. Jade rejetée. Lou et Victor baisant ensemble. *Vermines*. La chevalière dans les boucles bleues. *Non.* Le sexe de Victor entre les cuisses à la tubéreuse. *Putain.* Le sexe de Victor. *Stop.*

À fleur de ciel se situait à une demi-heure de marche, environ.

Jade aurait dû partir plus tôt : les anxiolytiques la ralentissaient. Trois cachets aujourd'hui. Pourquoi culpabiliser ? Il suffirait de ne pas trop boire. Au coin de la rue Danielle-Casanova, elle entendit de la musique, pressa le pas. Une grappe d'individus costumés fumaient devant la boutique. Jade pourrait fumer, ça décalerait cet instant où il faudrait pousser la porte. Elle dégaina son paquet de cigarettes, son pouce frictionna la roulette du briquet. La lune était toujours à son poste, lueurs discrètes. Jade eut froid dans le squelette. Le groupe ne la calcula pas. Quatre gonzesses à masques vénitiens, un mec en queue de pie. Ils s'esclaffaient, leurs verres à la main. Finalement, ils pénétrèrent dans la boutique. Jade scruta par l'embrasure. *Oh my*... Elle avait pioché des images sur Google. En pixels, le décor lui avait semblé outrancier. Là, rempli de convives pimpés, c'était Versailles. Ses mollets grelottèrent. Elle avait le droit de s'éclipser, non ? Qui saurait ? S'éclipser.

— Jade ? Entre !

Zacharie Mignard. Zacharie ne l'avait pas zappée et il la tutoyait. Jade déglutit. Une bottine, la deuxième. *Go*, Cendrillon. La boutique était démentielle. Des plantes, des flacons, des murs mauves – la couleur de BRMC, de Victor, de ses oreillers. La fameuse fontaine À fleur de ciel, qui ce soir pleuvait en carmin et noir. Munis de louches, certains invités cueillaient le liquide directement aux robinets, s'en versaient sur les poignets, le décolleté. Des serveurs slalomaient, offrant des flûtes d'alcool, des rouges à lèvres en pâte d'amande, des sablés gris.

— Whisky, rouge à lèvres et asphalte ! claironna Zacharie.

Un homme en redingote les approcha.

— Monsieur Mignard ?

— Je suis à vous dans une minute ! Viens, Jade, on va papoter.

Zacharie lui attrapa le coude, ils se tapirent sous du lierre en guirlandes.

— Ta patronne nous a dérangés, la dernière fois.

— Pam ? Oui, elle est dérangeante. Hormis son patchouli.

Tu dis n'imp, Jade. Le créateur était chaussé de bottes de cavalier, un jabot ponctuait sa chemise bouffante, accordé à la dentelle de ses manches. Il repositionna ses lunettes.

— J'ai été impressionné par ta conception de la parfumerie.

Sa paume était moelleuse contre le coude de Jade. Il ne l'avait pas lâchée.

— Tu as fait des études ?

— Non, j'ai dix-neuf ans. Je suis juste vendeuse. Et vous ?

Zacharie sourit.

— J'ai suivi le cursus chimie de l'ISIPCA, l'école fondée par Jean-Jacques Guerlain. J'ai fait mon stage à

Grasse. Diplôme en poche, j'ai bossé sous la houlette des marques.

— Monsieur Mignard ?

— J'arrive ! Ils m'emmerdent, ces investisseurs…

Le visage qu'il montrait aux autres était moins charmant que celui destiné à Jade.

— Comment ça fonctionne ? Bosser sous la houlette des marques ?

— C'est très pénible. Tu veux un verre ?

— S'il vous plaît.

Zacharie saisit les whiskys des deux invités à leur gauche. Un chevelu habillé d'une veste en brocart, et une femme qui agitait un éventail à plumes. Le couple fut surpris.

— Pardon, roucoula Zacharie, nous mourons de soif !

Les invités n'eurent pas le choix : ils saluèrent la facétie. Zacharie tendit son verre à Jade, ils trinquèrent, puis le créateur siffla le sien d'une traite.

— C'est les lancements. J'ai le trac.

— Vous n'avez rien à prouver, pourtant.

Zacharie ferma le poing sur sa hanche.

— Dans ce métier, on prouve en continu. Qu'est-ce que je baragouinais… ?

— La houlette des… ?

— Ah, oui ! Lorsqu'une marque désire un parfum, elle pose un *brief*. Ça définit la cible du jus, son budget, les contraintes. Par exemple, le nombre de matières ou les allergènes à éviter. Les parfumeurs répondent en deux ou trois semaines. C'est la pêche à la ligne, le réseautage, les courbettes. Un labo est sélectionné, on réalise des tests consommateurs. Le nez peut effectuer des modifications, s'il est zélé. Or le flacon, l'égérie et tout le tintouin ont été pensés par les commerciaux, longtemps avant le *brief*. Ces commerciaux sont mieux payés que le créateur. Ou ceux en orbite : les publicitaires, les blogueurs, les influenceurs. On les juge à leurs goûts, ainsi leurs goûts sont démagogiques. Et inutile pour eux d'être experts en parfumerie ! Ce qu'on leur demande, c'est de promouvoir les flacons. De les refourguer au public.

Jade humecta ses lèvres de whisky.

— C'est naze.

— Oui, on collabore avec des mous, des cupides, des médiocres. Ils capitalisent sur nous. J'ai enduré dix ans et j'ai déserté. Marre de convaincre. Marre de bazarder des chefs-d'œuvre à la poubelle parce que le client les trouvait « illisibles ». Au début, je présumais que c'était le jeu, je m'accommodais des règles afin de les contourner. Puis j'ai compris. Le parfum n'est pas une forme d'art selon ces gens, c'est un produit. On est dans les chiffres, la surenchère, on exige du mercantile et du *cheap*. À mon humble avis, l'art n'émerge pas d'un tel *business*.

Un serveur passa à proximité. Zacharie le soulagea de quatre sablés, qu'il se fourra dans la bouche.

— Donc, vous avez accouché d'À fleur de ciel ?

— C'était ça ou je me collais une balle dans la tempe.

Il crachota une flopée de miettes, elles souillèrent le chignon de Jade. Zacharie épousseta ses mèches.

— C'est mignon, ce rose fuchsia !

— Merci.

Derrière lui valsaient une cinquantaine de personnes. Jade s'enivra des détails. Perruques fleuries, corsets, bas résilles, fanfreluches, escarpins cloutés, bijoux.

— Vous êtes passionné, monsieur Mignard.

— Je m'écorche en élaborant mes jus. Je pille mes émotions, mes tripes. C'est du suicide et j'y consens. En revanche, ceux qui m'estiment trop peu grand public peuvent aller se faire foutre. S'ils déclarent qu'ils n'aiment pas mes fragrances, c'est moi qu'ils critiquent.

Une nana coiffée d'un tricorne, farouchement soûle, bouscula Jade. Ses talons aiguilles s'emmêlèrent, elle se cramponna au jabot de Zacharie et lui embrassa la joue.

— J'arrive, Daphné.

Daphné s'éloigna en chaloupant. Jade se racla la gorge.

— Vous ne faites jamais de concessions ?

— Chez les parfumeurs, il existe deux espèces. Les techniciens, qui ont un talent relatif et le mettent au service de l'industrie. Et les créateurs. Eux ne se soumettent qu'à leurs élans, leurs névroses. Sans doute ont-ils l'ambition vaniteuse de dresser une œuvre ?

Le verre de Jade était vide.

— Je vous admire…

Chuchotée, cette confidence lui fit grincer les dents.

— Faut pas ! Je ne suis qu'un snob. Un mégalo qui a de l'autodérision. Mais moi aussi, je t'admire, Jade. Et je cherche une apprentie.

Elle hissa les yeux vers lui.

— Disons que je te trafique un contrat de vendeuse ? Tu tiens la boutique et, le soir, on s'amuse au labo ? Je pourrais t'apprendre les rudiments, les bases, quelques formules…

*

Cette nuit-là, les murs de Jade lui parurent splendides. À leur place, peints de promesses. Elle balança ses fringues au sol, dansa nue à sa fenêtre. Maintenant la lune étincelait, indocile. Jade alluma son ordinateur, enfila quand même un pyjama. En se lavant les dents, elle cliqua sur Instagram et parcourut son fil d'actualité. Selfies, pubs de parfum, polémiques, citations, *tips* pour un contenu performant, authentique, contenu sur le contenu. Le niveau zéro de rien.

Soudain, cette photo. Jade zooma.

Sibylle et Victor, au bar.

La légende : *Saint-Valentin de la loose avec mon gars sûr.*

Le cliché avait été publié à 1 h 39.

#TeamDéprime #GrosCélibat #Lose

Il était 2 h 21.

Victor un shooter aux doigts, doigts blancs, chevalière.

Victor les grains de beauté, la blondeur.

Victor était déprimé.
Victor lèvres roses.
Victor douillait.
Victor cernes.
Victor.

Jade se crispa, du dentifrice macula son menton. Vite, son portable sur la table de chevet. Vite, téléphoner à Bastien. L'écran éblouit Jade.

Appel en absence.

De Victor.

À 2 h 02.

Mars

Radiohead, « Just »

#1

Jade inclina l'arrosoir. L'eau grésilla, fut absorbée par la terre. Lully, le bonsaï de Zacharie, présentait les caractéristiques d'un arbre : racines, tronc, écorce, branches, feuilles. Or il mesurait quarante centimètres. À côté de son pot, dans une coupelle en cristal, trois galets embaumaient. L'ambre gris. Afin de se parfumer, Zacharie s'en frottait le cou.

— Si les cachalots mangent trop, énonça-t-il, ça leur provoque des lésions intestinales. Leur organisme produit une substance pour colmater, qui est ensuite évacuée dans l'océan. Elle s'oxyde et sèche au contact du sel, du soleil. On obtient l'ambre gris.

— C'est crade, grommela Jade.

— À mon sens, c'est poétique. L'hédonisme des mammifères marins sent bon.

Zacharie se leva, traversa son bureau d'un pas rapide.

— J'avais oublié, je t'ai déniché ça.

Il lui tendit un coffret À fleur de ciel : les neuf miniatures de la marque. *Ivresse*, *Émulsion*, *Rêverie*, *Averse*, *Canicule*, *Pucelle*, *Collation*, *Marée*, *Ecchymose*.

— Tu les offriras à ta grand-mère. Elles complèteront sa collection.

Jade ne s'en souvenait plus, merci le whisky, mais elle s'était beaucoup confiée à Zacharie, le soir de la Saint-Valentin. Elle lui avait raconté Mamie, la Bretagne, le psoriasis.

Ça faisait une semaine qu'elle travaillait auprès de lui. Son départ d'Alice Caprices n'avait attristé ni Pam ni Sibylle. Ici, elle conseillait la clientèle en boutique – des bourgeois, des initiés. Le soir, elle rejoignait Zacharie dans son bureau. Déjà, il lui avait enseigné mille notions. Un parfum était composé à 90 % d'alcool éthylique, assurant la dilution et la conservation du jus. La formule constituait le reste. Un ensemble de grammages précis, nécessitant des acquis en chimie. Quelles molécules interagissaient, s'évaporaient ou duraient. Ces molécules construisaient des accords, comme la fougère, que l'on érigeait grâce à la lavande, au géranium et à la mousse de chêne. La parfumerie était espiègle car, dans la nature, la fougère n'avait guère d'odeur. Elle était aussi régie par des législations : 2 % de la population étant allergique à la mousse de chêne, on l'avait interdite. Alors les créateurs innovaient, trichaient, Zacharie le premier. Des dizaines de notes structuraient ses fragrances, prétendument des triptyques.

Au téléphone, Mamie avait mis Jade en garde.

Elle préconisait la méfiance, il ne faudrait pas devenir l'esclave d'un homme plus âgé. Jade s'était vexée. Zacharie n'était pas ce monstre. Il l'avait élue, elle, son unique apprentie, il la rémunérait 300 euros de plus qu'Alice Caprices. Pas franchement son hypothèse de l'esclavage. En prime, il faisait cadeau de ses miniatures à Mamie. Ça, ça lui en boucherait un coin.

— Tout va bien, Jade ?

— Oui, je suis fatiguée.

— T'es libre, tu files quand tu veux.

Jade prit une profonde inspiration.

— La flemme. Mon appart me démoralise. Vous avez de la famille, Zacharie ?

Puisqu'elle fixait Lully, Jade ne remarqua pas le regard embrumé du créateur.

— Si on compte mes divorces…

Un silence pétrifia le bureau.

— Vous avez des enfants ?

— Un fils de vingt ans, Alexandre. Sa mère est partie. Après, il a coupé les ponts.

Jade n'insista pas.

— Il vous manque ? Votre fils ?

Derrière les lunettes de Zacharie, la météo déclina encore.

— Alex est fleuriste dans le 9e arrondissement. Le week-end, je passe devant sa boutique. Les reflets de la vitrine gâchent ses traits, c'est pareil que de l'apercevoir dans une télévision. Je ne mérite pas davantage. J'ai été un papa… spectral. Disons que le rôle d'un parent, c'est de protéger son enfant de la détresse. Moi, j'ai été la détresse.

Jade se remémora Victor, un matin de décembre. *Raconte-moi tout ce que tu sens.* Le pèlerinage s'était achevé à l'église. Larmes pour les vieux trop vieux. Aujourd'hui, Jade éprouvait cette tendresse à l'égard de son mentor. Zacharie souffrait, son fils Alex souffrait, les gens souffraient, sans exception. La virtuosité, l'argent ou le succès n'y changeaient rien.

*

Coincé entre une boucherie et la bibliothèque du quartier, Pollen & Bourgeons parfumait le boulevard. Sa devanture foisonnait de végétation : bouquets, arbustes fruitiers, bulbes. Jade s'essuya les bottines sur le paillasson. Une sonnette l'annonça. Autour d'elle s'empilaient des paniers d'osier, des cactus, des seaux en métal garnis de fleurs, des objets déco. Certains pendaient du plafond. Désorientée, elle avança vers le comptoir. Foulées prudentes.

Il y eut du mouvement dans l'arrière-boutique.

Puis Alexandre Mignard apparut.

Une seconde, Jade perdit l'équilibre, se raccrocha à son sac.

Alexandre Mignard.

Cheveux longs, châtains. Une bouche en dragée où frémissait une cigarette roulée. Des yeux verts. Une chemise de lin blanc, les manches étaient retroussées au-dessus des coudes. Un jean, des Dr. Martens abîmées. Des tatouages sur le visage. Dans ses mains, des lys.

Était-ce cette palette de couleurs ?

L'épiderme, sa sensualité ?

Les volutes du tissu ?

Ou l'odeur ?

L'odeur.

Acidité d'une tige verte, récemment sectionnée par les ongles. Moiteur de la terre au printemps. Brise de tabac. Et sa houle de cheveux, bordel. Les cheveux du fils Mignard sentaient la colle en tube. Cette saveur plastique, comestible, aux touches d'amande.

Alexandre Mignard.

Jade fut jalouse de ses draps, jalouse de ses vêtements qui le reniflaient, le caressaient.

Ce n'était pas exactement l'amour ; Jade aimait Victor.

Ni la seule attraction physique.

Plutôt l'éclosion d'un absolu.

Une certitude esthétique.

La façon dont il clignait des yeux, dont il touchait ses lys, dont il fumait sa clope.

En fait, Alexandre Mignard simplifiait le monde de Jade.

Il le lui rendait préhensible.

— Vous cherchez quelque chose ?

C'était une rose, le tatouage sur sa tempe.

Et des clochettes de muguet sous les cils de son œil gauche.

Jade entrouvrit les lèvres.

— Non. Bonne journée.

*

… d'après l'OMS, ou je ne sais plus quoi, y a cinq sources de chocs émotionnels. Le deuil. Les déménagements, les transitions de boulot. Les ruptures, qui affectent l'ego. Et la maladie. Ça remet en perspective notre mortalité, nos faiblesses, ça ramène à la condition animale. La maladie active la blessure de trahison, c'est le corps lui-même qui l'inflige…

Jade mit sa vidéo sur pause.

Score : 4/5.

Elle ne visionnait plus que ça. Des reportages YouTube à propos des neurosciences, de la santé mentale. Au fil des suggestions, elle terminait par des documentaires sur les aliens, les pyramides, les complots politiques. Des interviews de tueurs en série, des faits divers sordides, des exorcismes. Aussi ces enquêtes sur les abattoirs, ou sur les bestioles qu'on dépeçait vivantes pour leur fourrure. Renards, visons, chinchillas. Ça invoquait des effluves de formol, d'asticots. Jade éteignait son ordinateur. La nuit, Paris hurlait. Bagarres. Violences policières. Harcèlement de rue. Cris féminins. Sirènes. Jade téléphonait à Victor, qui ne décrochait jamais. Stridence de la tonalité. Un Xanax, un verre d'eau. Trois heures de sommeil, sonnerie du réveil, *Go*, Cendrillon. Tiens, une vidéo sur les hôpitaux psychiatriques des *sixties*. Lobotomie et électrochocs. Jade grattait les croûtes de son ventre. Sa peau fanée, flétrie. Mamie avait des soucis de trésorerie. Désormais, Jade payait l'intégralité de son loyer. Elle s'essayait à la méditation, pensait à Alexandre Mignard, ne savait pas ce qu'elle lui voulait. Pas le draguer. Juste, il lui semblait impératif de le fréquenter, le contempler, le sentir. Répondeur de Victor. Pas de *news* de Lou. Hier, Jade avait envoyé un chèque à Mamie. Dans ses placards pourrissaient des carottes et des fruits. Alexandre Mignard. Que lui voulait Jade ?

#2

Victor était là.

En chair, en os, en grains de beauté.

Assis sur le lit de Jade, comme d'habitude. Comme avant. Jade se tenait adossée à la porte, les bras repliés contre sa poitrine. Les radiateurs de sa chambre galéraient, elle avait froid, ses tétons pointaient. C'était malaisant. Réfléchir aux fringues, à l'anatomie. Tétons qui pointaient. Doigts de Victor, chevalière, fossettes. Tant qu'elle ne s'approchait pas de lui, ça irait.

Ne pas se risquer à humer l'amande, ni le lait, ni le talc.

Victor ne parlait pas ; elle non plus.

Ça s'éternisait.

— Lou et moi, on s'est disputées. Par ta faute.

— Tu la connais ?

La question frappa Jade : Victor avait raté beaucoup d'événements, ces dernières semaines.

— C'est ton ex.

— C'est mon ex. T'as pas d'ex, toi ?

— Si.

— Voilà.

Dehors, les nuages arboraient des nuances pastel. Le ciel ressemblait au nappage d'un gâteau. Ce n'était plus de saison, un chagrin si dense. Ou bien il s'agissait des giboulées de mars.

— Tu te rends compte, Victor ?

— Quoi ?

— J'ai passé plus de temps avec ton absence qu'avec toi.

Elle voulut ajouter que son absence, c'était lui en version éthérée, on ne pouvait donc pas lui articuler de reproches. Qui engueulerait le brouillard ? Fallait être conne. Mais le véritable Victor, celui avachi au bord de son lit, elle avait envie de le gifler. L'amertume jaillissait d'elle tel un parfum rance. Ça se mélangeait aux gouttelettes de bruine, ça tapissait la chambre, ça se cloquait le long des cheveux et dans les interstices de chaque meuble.

— Tu m'aimes, Victor ?

— C'est pour ça que je t'ai quittée. Tu m'aimes, Jade ?

Si je t'aime ? Tu te graves en moi, tu délimites mes goûts, depuis toi, je suis sensible aux pommes d'Adam, t'es devenu la solution à tous les problèmes, il pleut, mais Victor existe, Mamie vieillit, mais Victor existe, je grandis, mais Victor existe.

Jade se tut, Victor se leva.

Il fouilla sa poche, en extirpa un feutre violet.

— Tu veux un tatouage ?

— Vas-y.

À l'instant où il lui saisit la main, plusieurs flashs cinglèrent.

Un baiser au seuil de l'église Saint-Paul.

Le placard chez Anaïs.

— J'y vais ?

— Oui.

Victor souleva la manche de Jade, décapuchonna son feutre. La mine humide se posa au centre d'une veine. Il commença par esquisser une ligne. Jade eut mal, du sang perlait.

— Pourquoi je… ?

— Un tatouage, ça perce l'épiderme.

Une ligne, une deuxième, une troisième, des ronds.

Victor dessinait un domino. Une rafale s'attaqua à la fenêtre, le carreau se fractura, Jade tressaillit. Il neigeait dans la chambre. Un ballet de flocons qui échouaient sur eux.

Leurs épaules, leurs bouches, leurs souffles.

— Ça doit être reposant, d'être une fille pas amoureuse de toi…

— Hein ?

— Une fille cool, désinvolte. Celles qui rigolent à tes blagues et n'ont pas le réflexe de t'enlacer quand tu dis leur prénom. Ou même bonjour. T'as bientôt fini ?

— J'ai fini.

Jade observa le résultat : un domino ensanglanté sur la largeur de son avant-bras.

Au bout du feutre Victor était efflanqué, blond ; sa silhouette de parenthèse.

Il ploya, ploya, ploya.

Encore un peu.

Plus.

Les deux expiraient des flocons mauves, ça leur lacérait la gorge.

Ils s'embrassèrent.

Jade s'éveilla alors…

… de ce foutu songe…

… et les cuisses mouillées…

… elle mordit son oreiller.

#3

Désolé, mais si j'encaisse ton bad *en plus du mien, je vais exploser.*

Bastien était en arrêt maladie depuis plusieurs semaines. Une angine, le cafard, son célibat. Les trois ensemble. Jade lui avait proposé de la suivre en Bretagne, ce week-end. Ça leur remonterait le moral : ils materaient des films nuls et chasseraient les loups.

Désolé, mais si j'encaisse ton bad *en plus du mien, je vais exploser.*

Jade filait vers Montparnasse – à pied, grève des transports.

Il y avait l'écho de ses talons, le râle de sa valise derrière elle, sa respiration. Tout était écrasé par le vacarme de Paris. Paris, deux millions d'habitants intra-muros, trois mille kilomètres de trottoirs, environ cinq cent mille arbres et quatre-vingt-dix mille pigeons.

Tiens, l'un d'eux dans le caniveau.

Crevé, angles improbables, trous au plumage.

Jade déglutit, avala la laideur urbaine, son arôme ferrailleux, ses déchets, ses véhicules. Trop d'humains, ici, trop d'humains en compétition, en conflit. Putain,

Jade avait emménagé à Paris pour se découvrir quelconque, flippée, apprendre que les rêves détruisaient.

Vaguement dépossédée de ses contours, elle avança.

Un sentiment bizarre alourdissait ses pas, comme si elle évoluait dans la gadoue. C'était visqueux, extensible. Elle releva le menton. Une nana portait le même manteau qu'elle, devant. Jade pensa à *Matrix*, à la théorie des univers parallèles, et le monde se mit à flancher. À se dissoudre.

Elle voyait des héros de séries au volant des bagnoles. Des écrivains sur les passages piétons. Ses favoris, Fante, Musset, Sartre. Bitume, bitume, bitume. Où Victor avait-il flâné ? Chialé ? Picolé ? Séduit des meufs ? Jade franchit le pont Saint-Michel et c'était *creepy*, la Seine, cette masse d'eau qui aurait pu l'engloutir. Jade ne désirait pas se noyer ni sauter en mode suicide. Néanmoins, il lui apparut que ce serait paisible, de couler. Chavirer au milieu des traînées de bulles, n'avoir que ça à lorgner : du flou verdâtre et des écailles de poisson. Adieu, les klaxons, les pigeons crevés. Ne pas foirer sa *life* était important. Et ne pas foirer sa mort ? Pendant cette sieste liquide, on ourdirait ses funérailles. Cercueil en bois, du chêne, rembourrage satin, bouquets dans les tons mauves, un titre de BRMC à la cérémonie. Des poèmes, des anecdotes. Mamie anéantie, Zacharie en pleurs. Est-ce que Victor viendrait ?

On bouscula Jade, elle vacilla sur ses bottines.

Trente minutes afin de choper son TGV, une trajectoire rectiligne. Jade n'osait plus regarder le décor. Parce que ça existait – ou pas, d'ailleurs. Parce que ça avait le pouvoir de fendre la terre sous ses semelles. Elle atteignit la gare. On lui taxa une cigarette. *Je ne fume plus.* On lui demanda une pièce, on l'informa du charme de son cul, on pimenta d'un « sale pute ». Trop d'humains. Jade gagna son wagon, siège côté fenêtre. D'autres statistiques : lors de la Révolution française, on avait guillotiné mille cent dix-neuf individus, place de la Concorde. Les catacombes étaient constituées de six millions de squelettes. Victor lui avait donné ces chiffres.

Le TGV démarra.

À travers la vitre, le paysage se mua en zébrures. Jade ressentit tout, fort. La salive dans son œsophage, la lumière, les vibrations. Nausée, nausée, nausée. Jade comprit : elle était victime d'une crise d'angoisse. Plein de gens étaient victimes de plein de crises d'angoisse, aucune irrégularité à ça. Des stratégies se présentaient. Ralentir le Xanax, déjà.

Renoncer à Victor.

Sept secondes pour succomber dans un placard. Sept semaines de relation, c'était si dérisoire. Victor l'avait larguée ; en vue de l'épargner, ou par déficit d'amour, on s'en foutait. Sept siècles de convalescence. Jade était décousue, elle devait recoudre. Planifier une lobotomie, un acte chirurgical visant l'ablation de Victor hors de son système. Et puis cicatriser.

De toute façon, il avait baisé Lou et c'était dégueulasse.

De toute façon, il ne percevait pas les couleurs.

De toute façon, elle haïssait les dominos.

*

— Ça va, ma Poupée ? T'es éteinte.

— Je suis… exténuée.

— Ta chambre est rangée, les draps sont propres.

Le chauffage sifflait dans l'habitacle de la voiture. Sous les fesses de Jade, la banquette vrombissait. Ça l'assoupit presque. Entre ses cils défilait la route. Grise, rigoureusement vide, jalonnée de bosquets. Le pouls de Jade s'accorda au gazouillis des oiseaux.

Voilà ce dont elle avait besoin : du répit.

Elle huma l'odeur de Mamie, lotion à la rose, dentifrice et gauloise.

Les minutes s'allongèrent.

— On se balade ?

— Hmm.

Mamie se gara en épi, Jade lambina. Les rares personnes croisées n'exigeaient rien. Pas de clope, pas de fric, pas de cul. Les figures étaient connues, le docteur, l'oncle de Machin, le voisin. La promenade sentait le tilleul, ils fleurissaient. Alors, ça effara Jade : le silence. Elle n'entendait plus que ses ruminations, légères, sans le bruit de la ville en polyphonie.

— Je voudrais rentrer.

— OK, ma Poupée. On ira aux commissions, ce soir ?

Oui, pitié, les commissions, la forêt, le gardien de la forêt si je ne suis pas sage, acheter une gomme, des billes.
Un quart d'heure plus tard, Jade était à la maison. Toiture d'ardoise bleue, granit, véranda. Le bois craquait,

ronflait, gargouillait. Les appareils électriques épelaient leurs mélodies. À l'étage, des froufrous de mouches et de papillons contre les Velux.

— Ma Poupée, tu m'apportes le livre sur ma table de nuit ?

Jade rallia la chambre de Mamie. Pas de bouquin, mais un paquet cadeau. L'invariable farce de Mamie. Jade déchira l'emballage, qui contenait un flacon. *Mémoire d'une odeur*, de Gucci. Un jus androgyne très suave avec sa camomille, surprenant de la part d'une grande marque. Le nez à l'origine de cette fragrance, Alberto Morillas, avait composé *Bloom* deux ans auparavant, un jardin féerique loin du glucose conventionnel. Il confirmait son originalité grâce à *Mémoire*. Bonus : Harry Styles était le visage du parfum et Jade avait un *crush* sur lui. Elle pulvérisa trois touches à son poignet. Le sillage fut suranné, sexy sans agresser.

Mamie se figea sur le seuil de la chambre.

— Il te plaît ?

— Merci !

— Tu es sûre que ça va ?

Le prix que ça coûtait, de répliquer « oui ».

*

La première nuit, Jade dormit quatorze heures.

Elle ne prit pas de médicaments au réveil, but un chocolat en souriant à Mamie, qui beurrait son pain grillé. Lorsqu'elle fit le ménage, Jade égara l'une de ses balayures, puis marcha dedans. Dehors, le ciel était lumineux. Hachuré de mouettes et de corbeaux. Jade prit sa douche, enfila un legging. Elle avait perdu l'habitude des escaliers, d'une maison ample, des haussements de voix si l'on se trouvait dans des pièces séparées. Oubliés aussi, les jouets au fond de la malle, les pelotes de laine sur le canapé, les intrusions des chats du quartier. Ces mille odeurs amies.

— Hélène sait que tu es là : Casanova est au pré.

Vers quinze heures, Jade s'y rendit. Casanova broutait l'herbe à ses sabots, fouettait l'air de sa queue. Sa robe alezane reflétait le soleil. Jade fit claquer sa langue, le cheval ouvrit les naseaux. À sa hauteur, elle inspira. Casanova dégageait des effluves de citron, de poussière.

— Tu te souviens de moi ?

Le cheval se contenta de renifler les poches de Jade, à la recherche d'une friandise. Normalement, elle l'habillait de sa selle, entreposée dans la grange à l'extrémité du pré. Pas aujourd'hui. Jade caressa son encolure, empoigna son garrot. Elle fléchit les genoux afin de prendre de l'élan et, d'un bond, se hissa sur le dos de l'animal. Casanova ne broncha pas.

— On y va ?

Elle le talonna.

Impossible de lui indiquer une direction sans les rênes, tant mieux, le cheval déambula dans le pré. Jade aimait sa puissance entre ses jambes, sa stabilité. Autour d'eux, l'atmosphère tiédissait, s'emplissait d'exhalaisons. Le printemps était là. Les frondaisons verdissaient, dodues, impudiques. La faune s'émoustillait en pépiant. Jade écoutait, ses ruminations s'évanouissaient, tues par le chant d'un coq ou d'une débroussailleuse. Casanova bifurqua à l'orée d'un sentier, Jade se laissa guider. Des châtaigniers l'encadraient, des buissons d'hortensias éclataient çà et là, rouges ou pourpres, semés d'escargots, d'abeilles. Sous les sabots de Casanova roulaient des cailloux, des feuilles, des brindilles. De nouveau, elle le talonna, il se mit à trotter, Jade accompagna le mouvement avec son bassin. Des ondulations souples, qui lui rappelèrent le psoriasis sur son ventre. Casanova déclencha le galop, elle se cramponna à sa crinière, ne put s'empêcher de sourire à l'instant où ses cheveux s'envolèrent.

Des phrases s'imprimèrent à la lisière du vent.

Victor : *Le cerveau ne différencie pas le réel et l'imaginaire, on le programme facilement. Ça concerne la santé, la réussite, le bonheur… Ce ne sont que des choix.*

Lou : *Ton épiderme essaie de t'aider. T'as chamboulé ta* life, *t'es paumée… Il génère des cellules en trop dans le but de te protéger. De te construire une armure.*

Mamie : *C'est dans ta tête !*

À la pointe d'un virage s'étendit une clairière, surplombée d'un confetti orange. Au-dessus, les nuages se distordaient, viraient roses. Le confetti émettait des flèches aveuglantes, puis le dégradé grimpait, de plus en plus terne. D'abord parme, ensuite d'un bleu-gris fatigué.

Jade percuta.

Personne n'était coupable. Ni Victor, ni Lou, ni Sibylle, ni Pam, ni Bastien, ni Alex Mignard, ni Paris.

Ni même ce type qui l'avait insultée à Montparnasse. Mamie avait raison, c'était dans sa tête. Dans sa tête que Jade s'infligeait son malheur. Il lui appartenait, contrairement au chaos qu'elle subissait. Juchée sur le dos de Casanova, Jade décida d'y mettre un terme.

Elle décida que le confetti orange allait la guérir.

Ce soir, elle reprendrait une douche. Non, un bain moussant. Elle allumerait des bougies, de l'encens, elle boirait du citron, appliquerait du miel sur ses cheveux, du lait d'avoine. Demain, rendez-vous chez l'ostéo. Comme avant Paris, quand Jade était athlétique, jamais *down*. Quand elle bronzait seins nus dans les champs, écœurée par l'odeur de crasse que le soleil répandait sur sa peau, et si on la reluquait, fermiers ou facteurs, c'était avec la politesse et les regrets des vieux amoureux. Jade enverrait un texto de soutien à Bastien, un texto de réconciliation à Lou. Que dalle à Victor. Elle écrirait un mail à Zacharie, le remercierait cinquante fois. Elle cuisinerait, poêlée de butternut, saumon, cheesecake. Histoire de digérer, elle lancerait un film sympa, en VF s'il le fallait – Mamie n'entravait pas l'anglais. Jade ferait la vaisselle. Sur Instagram, elle glanerait des infos à propos d'Alex Mignard. Et elle dormirait. Beaucoup.

*

Plusieurs éléments perturbèrent les résolutions de Jade. On ne répondit pas à ses textos/mails. Surtout, il y eut l'accident, ses allures de mauvais présage. Mamie allait reconduire Jade à la gare, elles étaient prêtes. Sauf que. Du boucan dans la véranda, Jade s'y précipita.

Merlin, le chat des voisins, avait un rouge-gorge dans la gueule.

Elle s'interposa, saisit Merlin par le cou, Merlin qui ne lâchait pas prise.

L'oiseau piaillait ; Merlin grognait ; Jade beuglait.

Mamie accourut, ses hanches grincèrent, abominablement.

Merlin s'enfuit, sa proie entre les crocs.

Mamie se plaignit de ses hanches, clopina jusqu'à ses anti-inflammatoires. Elle certifia : *Ça va aller*. Parlait-elle de ses os, du rouge-gorge, ou de la vie ? Jade l'ignorait.

Or elle eut l'intuition odieuse que, peut-être, Mamie mentait.

Avril

Poppy Fusée, « Pesanteur »

#1

— Stop la théorie, je t'emmène au labo !

Jade en eut des frissons. Zacharie était d'excellente humeur, ce soir. Les cheveux gominés bien haut, des bretelles sur la chemise vert pomme, un chino. Il avait troqué son ambre contre *Eau de campagne* de Sisley, un parfum aux notes de feuilles de tomate, d'herbe coupée. Les bottines de Jade piaffèrent dans l'escalier, ses doigts glissèrent sur la rampe, derrière la main de Zacharie. Au sommet des marches, il ouvrit la porte. Les murs du labo étaient neutres, les étagères truffées de flacons au verre teinté, recensés par ordre alphabétique.

— La plupart de mes matières viennent de Grasse. Ce sont les meilleurs. Ils maîtrisent la culture des fleurs odorantes depuis des siècles. La lavande, le jasmin, l'oranger, le rosier cent-feuilles, le mimosa, la violette… Leurs techniques d'extraction sont impeccables.

— Ils pratiquent quoi ?

— L'hydrodistillation à l'alambic, l'enfleurage, l'extraction par solvant.

— Ça existe encore, l'enfleurage ?

— Pour les fleurs les plus fragiles. On les cueille, on les dispose sur des châssis enduits de graisse. Un kilo de graisse absorbe trois kilos de fleurs. On récupère une pommade au bout de trois mois, qui est traitée à l'alcool. À la fin, on obtient seulement quelques gouttes d'absolue. C'est un processus onéreux, alors on a recours aux solvants volatils, comme l'hexane. Ou aux molécules de synthèse.

— Dommage…

— Utile ! La chimie permet l'imitation, ou l'abstraction. Certaines fleurs sont trop délicates à manier. Le muguet, par exemple. Il ne fleurit qu'en mai, le rendement est faible, ses clochettes sont difficiles à exploiter… Donc on se tourne vers des essences différentes.

— J'adore le muguet ! *Diorissimo* est une de mes fragrances chéries.

— Oui, bon parfum. Qui ne contient pas la moindre trace de muguet ! Et ça ne m'étonne pas que tu adores cette plante. Elle est mortelle.

— Mortelle ? Juste un peu toxique, non ?

— Non, tout est du poison. La tige, les clochettes, les baies rouges en automne… Le muguet produit des glucosides hyper dangereux. Si tu en ingères, ou même si tu bois l'eau du vase dans lequel tu avais mis ton joli brin, ta pression artérielle va augmenter, les contractions de ton cœur. Tu agonises en… quoi, dix minutes ?

— Aïe…

— Ne pas se fier à l'innocence des végétaux.

— Et comment on recrée le muguet ?

— Acétate de cis-hex-3-ènyle, alcool phényléthylique et indole. L'indole, c'est une substance présente dans de nombreuses fleurs blanches. Son odeur est capiteuse, globalement agréable, mais si on dose mal, on s'expose à des notes putrides. Parce que l'indole résulte de la dégradation d'un acide aminé. Il y en a dans les cadavres. Supposons qu'on abandonne un bouquet de tubéreuses près d'une dépouille : les indoles agissent en synergie et décuplent le parfum des tubéreuses. La prochaine fois que tu iras dans un crématorium, observe. Les bouquets ornementaux ne sont pas composés de fleurs blanches uniquement par symbole.

— OK, je comprends mieux…

— Quoi ?

— La tubéreuse m'a toujours troublée. C'est son rapport à la mort.

— Oui. Le parfum des fleurs est indissociable du parfum humain. Des dizaines de végétaux sécrètent aussi des lactones aux facettes de noix, de sébum. Le corps fabrique ces lactones. Les levures de la peau, le cuir chevelu…

— D'où les émotions. Genre, au printemps.

— Développe ?

— Ce n'est pas qu'une question de soleil. Y a ces nuées de pétales autour de nous, qui sentent le garçon. Le souffle, les aisselles, les baisers. Puis le pollen, quand on y songe, c'est…

— … une semence sexuelle.

— Monsieur Mignard ?

Jade et Zacharie se retournèrent. Un jeune homme en blouse leur faisait face. Le préparateur d'À fleur de ciel. Sa mission consistait à contrôler la qualité des matières, assurer la sécurité et l'hygiène dans le labo. Occasionnellement, il aidait Zacharie à inventer ses formules.

— Oui, Darius ?

— J'ai terminé, j'y vais.

Darius mesurait presque deux mètres, son visage était ciselé, blême. De l'argile couronnée d'une crinière brune. Il ôta sa blouse. En dessous, il portait un débardeur près du torse, un jean *skinny* qui soulignait ses cuisses musclées, ainsi qu'un autre arrondi étourdissant.

— Tu vois, Jade, conclut Zacharie en le dévorant des yeux, le talent en parfumerie réside là.

Darius plia sa blouse. La pulpe de ses doigts, si longs. Jade se mordit la lèvre.

— Osciller entre les odeurs angéliques et la puanteur.

Le biceps du préparateur banda lorsqu'il lissa ses cheveux.

— Honorer la nature dans ce qu'elle a de plus lascif.

D'une main, Darius réajusta sa ceinture. Cambrure du bassin.

— Salut, Jade. Monsieur Mignard.

— Bonsoir, Darius.

— Au revoir, bafouilla Jade.

Darius se sauva, l'oxygène revint dans le labo. Jade s'éclaircit la voix.

— Votre préparateur est vachement…

— … en effet ! répondit Zacharie.

Ils demeurèrent muets un instant.

— Voilà, ma chère apprentie. C'était instructif ?

— Beaucoup.

— Je te fournirai une clé du labo. Après tes journées, ou le week-end, libre à toi d'explorer ! D'expérimenter.

*

Le sommeil de Jade fut agité.

T'as ce que tu voulais, les projets, le boulot. Pourtant, ça ne résout rien. T'es en PLS avec tes anxiolytiques et tes crises d'angoisse. Plus tu te demandes si ça va, moins ça va. Est-ce que tu t'es trompée ? Ou est-ce que tu t'es paumée ? Paumée sur la bonne route ?

Elle chiffonna ses oreillers.

Tu flaires les gens sur toi, tu les touches, ils t'envahissent. Puis tu les perds. Tu les aimes, mais ils te trahissent. Putain, tant de promesses non tenues. Le sillage ne trahit pas, lui, il protège. Tu n'en as pas, de sillage : tu ne te parfumes pas.

L'aube s'immisça à travers les volets.

Zacharie t'a confié une clé. Des centaines de flacons, de pistes. Tu vas recréer l'odeur de tes fantômes. Les garder, les posséder. Oui, ils seront ton sillage. Le sillage, ça protège.

*

Pendant une semaine, Jade passa ses nuits au labo, de minuit à quatre heures. Le premier soir, elle repéra un SDF sur son chemin, adossé contre une devanture. L'homme était immobile, grièvement, elle espéra ne pas le recroiser au matin. Pas dans cette exacte position. Et si… ? Asticots, charogne, Baudelaire. Non, focus sur le labo. Jade s'y sentait pénétrée d'idées mystiques, géniales. Enfin, elle accomplissait des prouesses alchimiques. Du divin.

D'abord, elle réunissait son matériel.

Pipettes, flacons, mouillettes, papiers, crayons, gommes.

Un flacon plus gros, qu'elle avait étiqueté *Victor*.

Ensuite, elle fouillait les étagères.

Les notes de lait chaud avaient déjà été imaginées en laboratoire, notamment depuis *Angel* et les envies de gourmandise que la fragrance avait suscitées. Jade essaya un pourcentage d'un tiers. Le talc fut facile : la parfumerie raffolait de cette note. On l'élaborait grâce aux rhizomes de l'iris, ou grâce à la violette, traduite par la molécule de synthèse nommée alpha-ionone. La poudre de riz restituait assez la peau de Victor. Jade choisit un dosage discret.

Son obsession ? L'amande.

Une odeur extrêmement ardue à conquérir. On ne pouvait l'extraire du fruit à coque originel, il était commun de distiller des noyaux d'abricot, ou de prune, afin de leur arracher le benzaldéhyde. Dès 1869, on utilisa l'héliotropine et l'aldéhyde anisique, issus de l'héliotrope et de l'anis, ou du fenouil. La parfumerie osait peu l'amande, on en instillait très prudemment dans certaines formules, à cause de l'acide cyanhydrique, c'est-à-dire le cyanure.

Cyanure.

L'empoisonnement au cyanure provoquait vomissements, vertiges, convulsions. Puis l'arrêt cardiorespiratoire. Les ongles et la bouche se coloraient de mauve – flux sanguin niqué. L'haleine de la victime exhalait des relents d'amande. Si un enfant consommait cinq à huit amandes amères, c'était fatal. La dose létale pour un adulte s'élevait à plusieurs dizaines.

Jade tâchait de ne pas céder à la pensée magique.

L'amande assassinait.

Bouche mauve.

Victor.

Il fallut des trentaines de tests.

Souvent, Jade dérivait ; des choses s'emboutissaient dans son esprit. Elle avait évoqué le SDF à Zacharie. *Ah, c'est déplorable.* Asticots. Des individus mouraient dans la rue et ça n'impactait personne. Ça n'impactait même pas son quotidien à elle. Oh, la violence ordinaire, son empreinte qui se poinçonnait dans l'âme, lentement. *Chut.* Jade triait, béchers, chimie.

Admettons que l'on mélange dans une fiole :

— 13 gouttes d'acide cyanhydrique

— 27 millilitres d'eau de muguet

— 6 anxiolytiques pilés

On tient au creux de sa main le poison du printemps.

Samedi, le miracle opéra sous la douche : son psoriasis régressait.

C'était À fleur de ciel, c'était l'exaltation.

Mardi, Darius l'invita à boire une bière.

Jeudi, Jade se rendit à Pollen & Bourgeons.

Elle eut le courage de papoter avec Alex Mignard.

Qui lui donna son numéro de téléphone.

Elle omit d'en parler à Zacharie.

Mentir à son patron : la *fucking* base.

D'ailleurs, un secret n'était pas un mensonge.

Mamie n'avait plus mal aux hanches.

La dernière nuit, Jade évalua son bécher gradué.

Elle y immergea une mouillette, la huma.

Des larmes se pendirent à ses cils, Jade sourit.

Victor était là.

En chair, en os, en grains de beauté.

Elle versa la moitié du liquide dans son flacon étiqueté, l'enfouit au fond de sa poche.

Soir de pleine lune, évidemment.

Jade éteignit les lumières de la boutique, verrouilla la serrure, rentra chez elle.

Elle se blottit sous ses draps mauves.

Et sombra.

#2

Jade tint ses ciseaux en suspens et tendit l'oreille. Des bruits résonnaient au plafond. Elle n'en déduisit rien : ce n'était pas inhabituel que des jeunes s'adonnent au parkour sur les toits de Paris. Ou à une beuverie clandestine.

Elle soupira, secoua ses cheveux.

Plusieurs mèches chutèrent au sol. Des roses, des brunes. Jade avait maté un tuto YouTube. *Méthode du carré long effilé*. Maintenant, ses pointes lui chatouillaient les épaules. Une coupe pimpante, du volume. Jade posa ses ciseaux, quitta la salle de bains. Sa chambre embaumait : elle avait cueilli du lilas au parc. Les grappes dispersées sur ses meubles diffusaient une odeur tendre, violette. Dehors, la nuit était claire, étoilée malgré la pollution.

Jade bondit sur son lit.

Elle ondula des hanches afin d'enlever son jean, défit les boutons de sa chemise. La soie était douce, son cœur cognait, sa poitrine respirait. L'existence coulait. Jade avait ciré ses bottines avant de les ranger au placard. Place aux ballerines. Elle avait supprimé le numéro de Victor, celui de Lou. Dans le tiroir de sa table de chevet dormait le flacon à l'amande, à côté du domino, des anxiolytiques et d'un paquet de cigarettes. Elle ne l'ouvrait plus, ce tiroir.

Les cliquetis du toit s'intensifièrent ; 1 h 09, Jade se crispa.

Un mouvement dans son champ de vision la fit pivoter. Ça venait de la fenêtre. Comme une ombre de Converse. Elle plissa les paupières. Second flash de Converse. Jade eut froid dans le corps, distingua l'ourlet d'un jean. Sa colonne vertébrale se raidit. Il y eut des genoux, une ceinture, ça frappait le carreau. Jade avala sa salive. Une bande de peau jaillit, un nombril.

Quel comportement adopter ? Appeler les flics ? Hurler ?

Les Converse remuèrent en l'air ; le type allait se tuer.

Jade se hâta vers la fenêtre, l'entrebâilla.

— Hé ?

À tâtons, les Converse atterrirent sur l'appui en ciment, d'une quinzaine de centimètres. Les genoux ployèrent, le buste descendit. La blondeur, le parfum. C'était Victor.

— Salut.

Jade le fixa, bouche bée. Victor accroupi au bord de la nuit, à sa fenêtre. Il portait son sweat noir, ses fossettes. Des veinules pulsaient en filigrane de ses cernes.

Elle rêvait. Elle devait rêver. Elle rêvait. Elle devait se réveiller.

— Qu'est-ce que tu fous là ?

— Joyeux anniversaire.

Sa voix était grave et brouillonne et vibrait sur le décor.

— C'est pas mon anniversaire.

— Tant pis. Je voulais te voir.

Passé le choc initial, elle se permit de le détailler. Ses lèvres étaient toujours roses, irisées. Il avait du sang au coin du nez, les yeux vitreux, dont un tuméfié.

— Tu t'es battu ?

— Ouais.

Haleine d'alcool.

— T'es soûl ?

— J'avoue.

Cette cascade de phrases n'avait aucun sens. Cette scène n'avait aucun sens. Cependant, Jade éprouva une joie fiévreuse, là, aux tripes. Elle enlaça Victor, plaqua le front à son sweat.

L'étreinte les fit tanguer.

— Attention, chuchota-t-il, je vais tomber…

Il leva un bras, se cramponna au montant de la fenêtre. Le bras gauche, celui de la main à la chevalière. Jade relâcha Victor, laissa ses paumes sur lui, dans les plis du tissu.

Elle le fixa encore, il fronça les sourcils.

— Qu'est-ce que t'as fait à tes cheveux ?

De sa main libre, Victor caressa une mèche.

— Ça te plaît pas ?

— Si. Sibylle m'a dit que t'avais planté Sephora ?

— Alice Caprices.

— C'est pareil.

Il serra les mâchoires. Ses doigts s'étalèrent à plat sur la joue de Jade, dégringolèrent vers son cou, soulevèrent un pan de chemise au niveau de son ventre.

— Et ton psoriasis ?

— Ça s'améliore.

Victor était en train de la regarder. Jade accusa un haut-le-cœur. Sous cet angle, il avait des cils de fille.

— Mais ça peut revenir. La menace plane, elle ronronne au-dessus de ma tête. J'ai l'impression de vivre à la merci des catastrophes. De vivre en sursis.

Elle se livrait à lui parce qu'il s'agissait d'un songe. Il ne pouvait pas être là vraiment.

— On vit tous en sursis, Jade.

— Hmm.

— Décide que ça va. La santé n'est qu'un ensemble de signaux électriques.

— Ouais. Les sentiments aussi.

Soudain, Jade réalisa. Une pression de sa paume. Une pression de sa paume à elle sur ses flancs à lui. Même timide, même minuscule. Et Victor basculerait de six étages.

Il haussa le menton, lui adressa un demi-sourire.

— Tu veux me balancer dans le vide ?

— Comment tu sais ?

— Je suis le roi des cons, on a établi ça dès le début.

— C'est moi la reine des connes. Sinon, je t'aurais zappé.

Le zapper. Se distancier, se rebeller. L'orgueil. Pas des options.

— T'es énervée, Jade ?

— De ouf.

— Alors balance-moi dans le vide. Je le mérite.

— T'as pas peur ?

— Ce serait une mort cool. Mieux que finir sénile à l'hospice.

Les phalanges de Victor s'enroulèrent autour de la nuque de Jade.

Sa tignasse blonde avait poussé.

Leurs bouches se frôlèrent.

— Attends..., bredouilla Jade en reculant.

— Excuse-moi.

Victor grelotta, ses narines frémirent. Il se les gelait.

— J'ai eu mal, Victor. T'as jamais répondu. J'ai mis des semaines à guérir.

— Ça y est ? T'es guérie de moi ?

— J'espère.

— Moi je suis pas guéri. Tu me manques.

— D'un coup ? Ce soir ?

— Des tas de soirs. Là, j'ai trop picolé. En plus on m'a cassé la gueule, ça m'a remis le cerveau à l'endroit. J'ai eu personne depuis toi, je te jure. J'ai voulu personne. Y a pas beaucoup de meufs qui font de la synesthésie à Paris.

— Je suis censée être flattée ?

Il marqua une pause, sourit. Ses dents reflétèrent la lune.

— Putain. T'es tellement belle.

— Toi, t'es marrant. T'escalades mon immeuble, style Roméo, hop, je pardonne ?

— Peut-être. Je sais pas, Juliette. Je t'aime.

Cette fois, Victor embrassa Jade.

Ses lèvres eurent un goût métallique ; hémoglobine, vin pétillant et amande.

Elle se déroba.

— Ça rime à quoi, ton truc ?

— À rien.

— Et la suite ? T'as un plan ?

— Non. En revanche, j'ai un cadeau.

Il retira son sweat. Précautionneusement. En dessous, son tee-shirt à l'effigie d'Amy Winehouse était taché de sang. La chair de poule couvrit son épiderme, darda le duvet de ses bras.

Jade s'entendit glousser.

— Ton sweat ? C'est pour mon anniversaire ?

— Paraît qu'on doit offrir des babioles aux gens, ce jour-là.

Jade jeta le sweat en travers du lino.

— Tu entres ?

Victor sonda la chambre derrière elle.

— Tu penseras à moi, là-bas ?

— Où ?

— Dans ton lit. T'es souvent couchée dans le mien.

Cette idée : le lit du garçon aimé, un nuage intime, tiède.

— Tu vas entrer ?

— On y réfléchit ? On avise ?

— C'est-à-dire ?

— Tu me rappelles quand tu me détesteras moins ?

— OK.

Victor posa un baiser sur le nez de Jade. Puis il se remit debout, sauta afin d'attraper la gouttière. Ça dénuda les os de son bassin. D'une torsion, ses jambes atteignirent les tuiles.

Jade s'accouda à la fenêtre.

— Ne te vautre pas, Roméo !

— À tes ordres, Juliette.

La silhouette de Victor érafla le ciel.

Il s'estompa en envoyant un clin d'œil à Jade.

Elle ne put en être certaine ; la faute à l'obscurité.

*

Shakespeare

Roméo et Juliette

Acte II, scène II

Le jardin des Capulet

Entre Roméo

ROMÉO – Il se moque bien des balafres
Celui qui n'a jamais reçu de blessures.

Juliette paraît à une fenêtre.

Mais, doucement ! Quelle lumière brille à cette fenêtre ?
C'est là l'Orient, et Juliette en est le soleil.
Lève-toi, clair soleil, et tue la lune jalouse
Qui est déjà malade et pâle, du chagrin,
De te voir tellement plus belle, toi sa servante.

Eh bien, ne lui obéis plus, puisqu'elle est jalouse,
Sa robe de vestale a des tons verts et morbides
Et les folles seules la portent : jette-la…
Voici ma dame. Oh, elle est mon amour !
Si seulement elle pouvait l'apprendre[1] !

1. Traduction d'Yves Bonnefoy.

Mamie

Vera Lynn, « We'll Meet Again »

Mamie,
Tu es morte un dimanche.
Ton jour préféré, celui des crêpes.

C'est Hélène qui m'a avertie. Au son de sa voix, j'ai saisi que ça clochait. D'abord, j'ai imaginé que Casanova avait eu une infection, un parasite. Il a plus de quinze ans, ce cheval. Mes doigts étaient endoloris sur mon téléphone, Hélène tergiversait. Elle a prononcé des mots ; je ne vais pas te les retranscrire ici. Je me suis sentie chétive, un puceron dans une toile d'araignée. Ensuite, Hélène a bavé les machins de circonstance, *condoléances*, ça ne signifiait pas grand-chose, *on est là si tu*. Ai-je répondu *au revoir* ? Je crois que j'ai dit *merci*.

Merci, tu parles.

J'ai eu tant d'interlocuteurs en ligne, fallait régler l'administratif. Tu gères l'administratif, d'ordinaire. J'ai eu mon patron, j'ai négocié une semaine de congés, sans cafter pour toi. J'ai eu le notaire, le gars des pompes funèbres. Quel bois le cercueil, quelles fleurs. Des tubéreuses ? Des tubéreuses. Si tu m'avais vue, Mamie, je n'ai ni bégayé ni sangloté.

Bon, j'ai craqué plus tard.

Je suis allée au magasin, je titubais, j'ai chopé du caramel au beurre salé et de l'hydromel, je suis rentrée, je ne me rappelle plus avoir payé, j'ai dû payer sinon les portillons auraient sonné, j'ai ingurgité le caramel, l'hydromel, je n'étais même pas pompette, j'ai vomi, il était quoi, trois heures du matin, après j'ai somnolé et ça ressemblait au coma. Grosse toux le lendemain, vingt-trois cigarettes fumées. J'ai fait un Post-it : je devais réserver le train, m'habiller, déjeuner. Oui, j'ai écrit *habille-toi*, des fois que. Soyons honnête, le quotidien est aberrant.

Dans le TGV, j'ai cogité.

Tu te souviens, Mamie ? Le ravioli ?

Quand tu changeais mes draps. Je m'ennuyais, puis c'était étrange, ces volutes de tissu là où je dormais, cette effervescence sur mon sommeil, tes gestes rapides. Donc je m'opposais au rituel, je m'allongeais en diagonale du matelas. Toi, tu n'étais pas déstabilisée, tu ripostais en pliant le tissu autour de moi et tu le ballottais, criant que j'étais un ravioli de l'espace.

Tu te souviens ?

D'autres bribes floues.

Moi, à l'arrière de la voiture.

On revenait d'une foire-fête-kermesse quelconque. Un événement qu'aujourd'hui je jugerais naze. Sauf qu'à cet âge-là, j'étais contente. L'aprèm, la nuit, en continu. Parce que je jouais, parce que mes yeux étaient si neufs, et le décor si gigantesque. Si merveilleux.

Est-ce ça, que l'on surnomme l'innocence, Mamie ?

Cette période qui précède les obstacles, les écorchures ? Le deuil ?

Je me suis inspectée dans la vitre du train, j'avais vieilli d'un siècle ou deux.

Mamie ? Mon instinct me souffle que rien ne sera plus jamais simple.

Que si bâtir est super lent, à l'inverse, il suffit de quelques secondes pour tout perdre.

Hélène m'a récupérée à la gare, posée devant la maison.

Mamie, j'ai raté ta mort. Par égoïsme, c'est de mon âge. Je culpabilise.

On m'a demandé si je comptais la vendre, la maison.

Vos gueules.

Sur le dossier d'une chaise, il y avait ta veste en laine bleue ; je l'ai enfilée. À ce moment-là, mon visage a éclaté. On la devine, cette rupture : les sourcils frisent, les pommettes montent, la bouche se froisse. J'ai pleuré, je n'ai plus arrêté. Les gens me câlinaient, palabraient, rangeaient, rôdaient, se mouchaient. Mes paupières sont en confiture, Mamie.

L'église m'a ramenée ; son parfum de roche, d'eau bénite et d'encens.

Subitement, c'était rassurant, de songer à Dieu.

Pitié, mon père, baptisez-moi sans délai. J'accepte l'eucharistie, vos cierges qui brûlent mes doigts, vœu de chasteté, de misère, douze mille prières à réciter, à genoux, j'accepte la totale. Pourvu qu'on me certifie que ce sont les angelots joufflus et non les asticots.

Quid du diable ? Des possédés ?

Je suis persuadée que c'est du ressort de la schizophrénie. La maladie mentale a de sacrés effets sur le physique. Genre la catatonie, ou le syndrome de Cotard. Si le mec a été élevé dans un foyer strict, catho de chez catho, y a moyen de se convaincre qu'on est démoniaque, alors qu'on est juste névrosé. Le pouvoir de l'esprit sur la viande, comme l'affirme Victor.

Mais je t'embête avec mes théories.

Mamie, je ne t'ai pas expliqué Victor.

L'aurais-tu validé, mon Domino ?

Pendant la cérémonie, ils ont passé du Beethoven.

J'ai signé des papiers, des chèques, me revoilà à Paris. J'ai racheté des Post-it. *Tisane. Te doucher. Respire, Jade.* J'en ai cloqué jusqu'au plafond. Des refrains de chanson, des citations, j'ai arraché les pages de mes romans, je les ai punaisées aux murs. Chambre d'orpheline.

Ma conscience est recroquevillée, horrifiée, dans ma tête ça répète « non », ça se cabre.

J'essaie de me promener, c'est bizarre.

Normalement je vais mal, puis bien, puis mal, tandis que la Terre effectue ses rotations. Ton départ a bousillé l'astrophysique. Les orbites vrillent, les galaxies crèvent. La foule n'a pas l'air de s'en apercevoir. Elle ne craint pas l'averse de comètes qu'on va se ramasser.

La foule, Paris, le ciel.

Chaque image te revendique.

Mes connexions neuronales sont monotones et vilaines.

Quoi que je fasse, en arrière-plan, ça martèle « non ».

J'ai des brèches au cerveau, aux organes.

Mamie, c'est au-delà de la douleur.

On t'a enterrée en compagnie d'un énorme morceau de moi.

Promis, je ne dirai à personne que tu es partie, ça restera notre plaisanterie cosmique.

Mamie, je maudis les anges, les nuages et les asticots.

Je maudis les hommes, les femmes, leurs gosses.

Mamie, je souffre.

Je veux que le monde souffre en chœur avec moi.

Mamie, je m'effondre.

Repose-toi, OK ?

Je t'aime fort.

I

Tubéreuse

Maroon 5, « Animals »

NONNONNONNONNONNONNONNONNON-
NONNONNONNONNONNONNONNON-
NONNONNONNONNONNONNON-
NONNONNONNONNONNONNONNONNON-
NONNONNONNONNONNONNONNONNON-
NONNONNONNONNONNONNONNONNONN-
ONNONNONNONNONNONNONNONNONNON-
NONNONNONNONNONNONNONNONNON-
NONNONNONNONNONNONNONNONNON-
NONNONNONNONNONNONNONNONNON-
NONNONNONNONNONNONNONNONNON-
NONNONNONNONNONNONNONNONNON-
NONNONNONNONNONNONNONNONNON-
NONNONNONNONNONNONNONNONNON-
NONNONNONNONNONNONNONNONNON-
NONNONNONNONNONNONNONNONNON-

NONNONNONNONNONNONNONNONNONN-
ONNONNONNONNONNONNONNONNONNON-
NONNONNONNONNONNONNONNONNON-
NONNONNONNONNONNONNONNONNON-
NONNONNONNONNONNONNONNONNON-
NONNONNONNONNONNONNONNONNON-
NONNONNONNONNONNONNONNONNON-
NONNONNONNONNONNONNONNONNON-
NONNONNONNONNONNONNONNONNON-
NONNONNONNONNONNONNONNONNON-
NONNONNONNONNONNONNONNONNON-
NONNONNONNONNONNONNONNONNONN-
ONNONNONNONNONNONNONNONNONNON-
NONNONNONNONNONNONNONNONNON-
NONNONNONNONNONNONNONNONNON-
NONNONNONNONNONNONNONNONNON-
NONNONNONNONNONNONNONNONNON-
NONNONNONNONNONNONNONNONNON-
NONNONNONNONNONNONNONNONNON-
NONNONNONNONNONNONNONNONNON-
NONNONNONNONNONNONNONNONNON-
NONNONNONNONNONNONNONNONNON-
NONNONNONNONNONNONNONNONNONN-
ONNONNONNONNONNONNONNONNONNON-
NONNONNONNONNONNONNONNONNON-
NONNONNONNONNONNONNONNONNON-
NONNONNONNONNONNONNONNONNON-
NONNONNONNONNONNONNONNONNON-
NONNONNONNONNONNONNONNONNON-
NONNONNONNONNONNONNONNONNON-

NONNONNONNONNONNONNONNONNON-
NONNONNONNONNONNONNONNONNON-
NONNONNONNONNONNONNONNONNON-
NONNONNONNONNONNONNONNONNONN-
ONNONNONNONNONNONNONNONNON-
NONNONNONNONNONNONNONNONNON-
NONNONNONNONNONNONNONNONNON-
NONNONNONNONNONNONNONNONNON-
NONNONNONNONNONNONNONNONNON-
NONNONNONNONNONNONNONNONNON-
NONNONNONNONNONNONNONNONNON-
NONNONNONNONNONNONNONNONNON-
NONNONNONNONNONNONNONNONNON-
NONNONNONNONNONNONNONNONNON-
NONNONNONNONNONNONNONNONNONN-
ONNONNONNONNONNONNONNONNON-
NONNONNONNONNONNONNONNONNON-
NONNONNONNONNONNONNONNONNON-
NONNONNONNONNONNONNONNONNON-
NONNONNONNONNONNONNONNONNON-
NONNONNONNONNONNONNONNONNON-
NONNONNONNONNONNONNONNONNON-
NONNONNONNONNONNONNONNONNON-
NON

*

— Alors, tes congés t'ont fait du bien ?

Acouphènes.

— Hein ?

— Tes congés ? Ça t'a ressourcée ?

— Oui.

Zacharie sourit à Jade. Son bureau palpitait d'ambre.

— Je suis fier que tu sois mon apprentie, tu sais.

L'après-midi s'achevait, c'était l'heure du goûter, des gentillesses.

— D'ailleurs, Zacharie, pourquoi moi ? Vous n'aviez jamais eu d'apprenti, si ?

— Je suis déjà incapable d'élever mon fils, tu imagines que j'avais la flemme d'éduquer un aspirant parfumeur… Toi, c'est différent. T'es téméraire, ta vision est jeune, non polluée par les codes. Et cette facilité que tu as à identifier autant d'odeurs, c'est un talent rare. Beaucoup de professionnels n'ont pas cette aptitude.

— Il me manque la rigueur.

— On s'en fiche, tu as l'énergie ! Plus une bibliothèque olfactive dans la tête.

Zacharie porta sa tasse de café à sa bouche, les yeux malicieux.

— Jade ? J'ai une proposition.

Elle crocheta un sourcil, s'attendit à tout. L'univers lui avait démontré son absurdité. Rien ne l'étonnerait. Qu'il la vire, qu'il la renverse contre son bureau, qu'il la sauve.

— Je vous écoute.

— J'aimerais que tu crées ton propre parfum.

Acouphènes.

— Pardon ?

— J'ai trouvé tes échantillons au labo. Tes bricolages. Ils sont très bons. Est-ce qu'on tenterait l'expérience à grande échelle ?

— Comment ?

— Tu définis ton idée, tu testes, on avance. Si la fragrance est réussie, on la sortira.

— À fleur de ciel ?

— En hors-série. Tu ne seras pas obligée de suivre ma règle des trois éléments, tu choisiras les notes que tu souhaites. Je ne te garantis pas que ça marchera. On essaye ?

— Quelles sont les étapes ?

Zacharie haussa les épaules, sa chemise sculpta des remous le long de son torse.

— Je débute par le fond, c'est mon processus. À toi d'inventer le tien. Dès que tu auras un assemblage, ce sera notre base et on attaquera les mods.

— Les ?

— Modifications. Deux-trois peuvent suffire. Ou deux cents. À titre d'exemple, *Eau sauvage* a été développé en six années.

Un crépitement se logea dans l'estomac de Jade. Elle sentit avec acuité les mèches fouettant sa nuque, l'humidité à la voûte de ses reins, la contracture de ses orteils. Ainsi, Zacharie ne la virait pas. Ainsi, il lui offrait une mission à laquelle se raccrocher. Ainsi, il la sauvait.

Acouphènes.

— Ça t'intéresse ?

— J'ai carte blanche ?

— Absolument. Je t'accompagne et je te guide, mais c'est ton parfum.

— OK. Je l'appellerai *Sillage*.

— Intrigant !

Zacharie éternua ; la faute au pollen.

— Et si ma fragrance ne plaisait pas ?

— Il y a des parfums excellents, des parfums qui plaisent, parfois les deux ensemble. Le public a toujours des exigences, ce n'est pas une raison d'y céder. Sois authentique, suis ton nez. Tu as une odeur favorite ?

Jade n'hésita pas.

— La fleur d'oranger.

Zacharie éternua encore.

— Persistante, charnelle, infantile… Ton portrait craché !

— Trop personnel, du coup, ça me déshabillerait. Je vois un cœur de tubéreuse. En revanche, faut la maquiller.

— Continue ?

— Je ne veux pas d'une tubéreuse végétale. Genre mignonne, à la cime de son jardin d'automne. Je la veux funèbre.

*

Lou, j'ai besoin de venir chez toi.

C'était fastidieux de lui préciser qu'il s'agissait d'odeurs, et pas d'un mélodrame entre filles. Jade envoya le message *via* Instagram – elle n'avait plus le numéro de Lou. Il s'écoula plusieurs minutes, une heure, une nuit. Lou avait « vu », elle ne répondait pas. Bordel. Jade s'impatientait. En se brossant les dents, pendant les insomnies, en se rongeant les ongles. Le lendemain, elle admit que les individus qui *ghostaient* étaient de véritables raclures. Qu'il n'y avait qu'une conclusion à tirer de cette histoire : de véritables raclures. Et tandis qu'elle enfilait une jupe, ça se produisit. Le déclic. Quelque chose en elle refusa. Se révolta. Le phénomène était sans doute attisé par cette voix qui répétait « non » en arrière-plan, depuis que Mamie...

Le « non » devint une clameur.

Jade se posta devant son miroir, inclina le visage. Son carré effilé était hyper sexy. Son piercing, son corps. Elle appliqua une couche de mascara sur ses cils, du gloss sur sa bouche. Une bouteille de vodka traînait près de l'évier. Elle en but trois rasades. Quatre, cinq, six.

Jade saisit l'un des flacons dans sa table de chevet.

C'était prémédité, ça ? Ou une impulsion ? L'influence de la vodka ?

Oh, la tremblote.

Ne pas s'en répandre sur les doigts par inadvertance.

Vomissements, vertiges, convulsions. Puis l'arrêt cardiorespiratoire.

Elle prit la porte.

La notion du temps lui échappait. Trop d'anxiolytiques, trop de cauchemars. Est-ce qu'elle mit dix secondes ? La journée entière ? Soudain, il lui apparut qu'elle devait rentrer. Dormir. Consulter un psy éventuellement, parler. Dormir. Ce serait plus sage. Plus sage. Tant pis.

J'en ai marre d'espérer les autres, marre de leurs humeurs, marre qu'on me jette si je réclame un minimum de respect. Maintenant, je m'en branle : je veux, je cueille.

Je cueille ma tubéreuse.

Un klaxon hurla.

Des piétons arrondirent les lèvres, choqués.

Jade posa une main sur sa poitrine, la deuxième contre le capot de la voiture.

— Ça va, mademoiselle ?

— Vous êtes blessée ?

— Elle n'a pas vérifié avant de traverser…

La carrosserie était rouge ; la conductrice en stress.

— Vous avez failli m'écraser ! aboya Jade.

Même pas un blâme, plutôt un constat. Aïe, son mollet. Elle aurait un sale hématome.

— Je suis désolée, vous êtes…

Jade déguerpit, n'entendit pas la fin.

Une dizaine de foulées plus loin, elle éclata de rire.

Elle a failli m'écraser, la pétasse. Le soir de la fenêtre, Victor s'était battu. Je ne me suis jamais battue. Qu'est-ce qu'on éprouve ? On devrait se battre plus souvent, c'est assez sain. Mais on jugule les animaux en nous. Stupide. Les animaux sont cruels, les chats butent des rossignols, ce n'est pas de la méchanceté, c'est l'instinct, et l'homme est un animal. OK, on a l'amour, la parfumerie. Ça change quoi ? On baise, du sang bouillonne dans nos artères, on meurt.

Cette fois, ce fut un lampadaire qui la bouscula.

Jade était imprudente, ne regardait pas les environs. Les gens demeuraient derrière une vitre, de la boue, elle n'avait plus accès à eux. À cause de « non », à cause des asticots.

On vit, on meurt. La preuve, Mamie… Tais-toi, Jade ! On vit, on meurt, on tue. C'est hypocrite de condamner les serial killers. *Et la guerre ? Les génocides ? Le terrorisme ? Si on considère la nature humaine, son atrocité, Ted Bundy ou Jeffrey Dahmer sont des alphas.*

Le digicode en bas, l'escalier, la sonnette.

— Jade ?

— Salut, Lou.

— Qu'est-ce que tu… ?

Leurs hanches se percutèrent à l'instant où Jade franchit le seuil. Immédiatement, elle flaira la tubéreuse. La sauge amère et ses fumerolles. Un soupçon de cigarette, faiblard.

— Je suis heureuse de te voir, pépia Jade en se retournant.

— Moi aussi…

Jade sourit. De son côté, c'était sincère.

— Jesse n'est pas là ?

Lou remua ses boucles, son expression ternit.

— Il m'a larguée.

— Ah, dommage !

Jade se déplaçait, examinait les meubles, gonflait les poumons.

— Jade, concernant mon silence, j'étais…

— T'inquiète ! Donc, Jesse s'est barré. Le motif ?

— Notre relation le perturbait.

— Tiens ?

— À mon avis, il a flippé.

— De ?

— On était en couple depuis un an. La plupart des meubles, on les avait retapés à deux. On s'est déteint dessus. Les tics de langage, les routines. Il a dit que j'étais toxique. D'où ? C'est lui, l'invertébré. De ceux qui quémandent des *trigger warnings*, du papier bulle.

— T'es dure.

— T'as vu la gueule de notre société ? Si tu fermes les yeux, elle est là, malgré tes paupières closes. Elle est brutale et l'amour y est *hard*. Alors moi, je suis toxique. *Whatever.*

Lou se détendait, narrait ses trucs de Lou. Ça ahurissait Jade. L'illusion d'un monde normal où Lou narrerait, où elle-même n'aurait pas ce putain de flacon dans la poche.

L'illusion d'un monde normal.

Mensonge.

— Jesse a cru qu'il emmènerait Sweeney Todd. C'est mon chat, Sweeney. Fils de pute !

— Quelle vulgarité.

— J'avoue. T'as… gardé mon piercing ?

Le pouls de Jade s'emballa.

— Bah ouais.

Lou, ses prunelles turquoise, sa tristesse. *N'abîme pas mon cœur, je n'abîmerai pas le tien.* Mensonge.

Jade approcha, se permit de l'enlacer. La sorcière se raidit entre ses bras.

— Jade ?

— Hmm ?

— J'ai grave merdé, non ? Avec toi ? Je me suis comportée comme une conne ?

Jade se mordit l'intérieur des joues, savoura les effluves de l'appartement. Il y eut une mollesse dans son ventre. Le poids des douleurs amies, les excuses de Lou. Lou qui n'était que ça : une meuf aux seins gras, aux cheveux bleutés. Une célibataire dotée d'un chat.

Envie de chialer, Jade lâcha Lou.

— Tu m'en veux ? insista la sorcière.

Rentre chez toi, Jade. Tout à l'heure, une bagnole l'avait presque heurtée. *N'abîme pas mon cœur.* Certains psychiatres pratiquaient des tarifs réduits pour les jeunes. *Sillage.* Mamie en asticots. Baudelaire. Les larves envahirent le crâne de Jade, elle perçut carrément leur chant.

— Si je t'en veux ? Tu m'as abandonnée. Moi, je t'avais laissée me trouer la peau.

Les deux filles se jaugèrent.

18 h 18.

— On se boit une bière ? murmura Jade.

— J'en ai au frigo.

— Ne bouge pas, je m'en occupe. J'ai un ingrédient magique à ajouter.

*

Zacharie agita la mouillette sous ses narines, Jade eut les paumes moites.

— Elle est charnue, cette tubéreuse.

Il huma de nouveau.

— Herbacée. Elle a un aspect fumé. Qu'est-ce que tu as fait ?

— Je l'ai enrobée de sauge et d'encens.

— Malin !

Soulagée, Jade se massa les cervicales. Zacharie semblait approuver. Elle vouait une confiance inconditionnelle à son mentor. S'il cautionnait *Sillage*, elle serait absoute.

— Les notes de tête ? Tu as des pistes ?

— Des lubies.

Darius venait de quitter le labo, plusieurs rayons de soleil maculaient les murs.

— Lesquelles ?

— De l'innocence, des fleurs.

— Et les notes de fond ?

— Là, je sèche.

Le parfumeur fit claquer ses derbies sur le carrelage. Il ne réfléchissait qu'en zigzags.

— Il faudrait de l'onctuosité, suggéra-t-il.

— Je suis d'accord. Du rassurant.

Jade piétina à son tour, en veillant à éviter les collisions.

— Des résines ? lança Zacharie. Myrrhe ?

— Trop religieux.

— Du musc ?

— Ce serait paresseux.

— Réglisse ?

— Beurk !

Surpris, il s'immobilisa.

— T'es directe, Jade.

— Pardon…

— Non, je te félicite ! Quand on est inspiré, on n'a pas le temps d'être poli. L'impolitesse est le moteur de la création. Sers-toi de ça pour *Sillage*, tu en feras un chef-d'œuvre.

Jade s'humecta les lèvres.

— Ça justifie tout, selon vous, la création ?

— Disons que ça autorise quelques dérives.

— La violence ?

— Bien sûr.

Dans le cœur de Jade, la foi jaillit.

— Vous me le jurez ?

— Je te le jure. Fonce, ma chère apprentie.

*

Sweeney Todd dérapa sur une tuile, se rattrapa à la gouttière. D'un bond agile, il regagna la fenêtre, puis l'appartement. Le félin miaula, on ne lui répondit pas. Vexé, il cavala jusqu'au canapé et y planta ses griffes. Aucune remontrance. Sweeney Todd bâilla, le dos rond, petit animal accordéon. Il se lova sur un coussin, guetta le mouchillon qui planait, perpendiculaire au plafond. Pourquoi ne pas le chasser ? Voilà quatre jours que son bol était vide de croquettes, qu'il lapait l'eau des flaques. Hier, il avait dîné de fourmis, d'une croûte de sandwich.

Sweeney Todd se frotta les moustaches, le museau.

Pourquoi ne pas chasser ce mouchillon ?

D'abord, la sieste.

*

Baskets, legging, queue-de-cheval.

Jade accéléra. À sa droite défilait la Seine, verte et ridée, à sa gauche, les cyclistes ou les promeneurs. Ça l'amusait, de slalomer entre eux, de braquer au dernier moment. Allez, une pointe de vitesse. Ses muscles grésillèrent, elle ouvrit la bouche et se gava de l'air tiède. La gifle du vent brassait sa sueur, ses cheveux tourbillonnaient. C'était délicieux. Jade ralentit, progressivement. Elle se sentait robuste. Son souffle ricochait contre le décor, l'animait.

Les géraniums en pot ? Les moineaux dans le ciel ? La frondaison des platanes ?

Oui, ça se mouvait à la force de son souffle.

Donc : l'humain était un animal. Béni lorsqu'il courait, lorsqu'il soumettait l'autre au jeu, au combat ou dans un lit. Béni lorsqu'il mangeait. Jade avait faim. Un animal était soit une proie, soit un prédateur. Jade avait faim parce qu'elle avait choisi son camp.

N'existaient qu'elle et *Sillage*.

Depuis, nul fardeau à trimballer. Son parfum remplacerait les asticots. S'en persuader était une question de survie. S'en persuader. Zéro culpabilité, zéro remords, zéro scrupule. *Sillage*, créer *Sillage*. Jade voyait clair : elle avait entamé une formule, elle la terminerait.

Merci Zacharie, nique les psychiatres.

Elle se redressa, essuya son front du revers de la main. Le tissu de son débardeur chatouillait. Jade s'étira, secoua une cheville. Son téléphone vibra. Elle le dégaina, ignora les huit appels en absence de sa banque. Ce matin, un numéro inconnu essayait de la joindre.

— Allô ?

Pas un mot, elle fronça les sourcils.

— Oh… ?

Hausser le ton était euphorisant. Cette puissance de bête, d'alpha.

— *Tu ne m'as pas téléphoné, depuis la fenêtre.*

Hmm, la voix de Victor ; plaintive aujourd'hui.

Jade eut chaud dans les viscères, un élan au milieu des cuisses.

— On avait convenu que je te ferais signe quand je te détesterais moins.

— *On n'y est pas ?*

— Est-ce que je t'ai appelé ?

— *C'est pas exprès, Jade, que je t'aime mal.*

— Tu vas changer ?

— *Non.*

— Alors on ne se voit pas. Pas tant que je ne suis pas prête.

Jade raccrocha, se remit à courir.

II

Cuir, miel, terre

Mirah, « Special Death »

— Merci. Au revoir !

— Au revoir, bonne journée.

Satisfaite, la cliente partit. Jade réajusta sa chemise. Désormais, elle nouait les pans au-dessus de son nombril. Elle portait des microshorts en jean, des escarpins, du maquillage. Elle épousseta la fontaine de marbre, caressa une branche de lierre, repositionna une cloche abritant des pétales de jasmin. Jade prenait soin de la boutique comme d'une copine, d'une amante. Elle rougissait en pensant à ses échantillons à l'étage, aux bras de Darius sous sa blouse. À Zacharie en bas, agacé de café. À Victor. *Bientôt, mon Domino.*

La porte s'ouvrit encore.

Un homme d'une cinquantaine d'années. Haut, blouson de cuir, barbiche poivre et sel.

— Bonjour. Je peux vous renseigner ?

L'homme la rejoignit. Sa démarche était solide.

— Oui, je cherche un parfum à offrir à mes filles.

Il avait le visage hâlé, de belles dents. Jade arqua une hanche, fit ce qu'elle faisait toujours : se pencher afin de capturer l'odeur d'une peau. Mais l'homme pivota vers un présentoir.

— Le récent, c'est *Ecchymose* ?

Jade serra les poings.

— En effet. Quel âge ont vos filles ?

— Seize ans. Ce sont des jumelles.

Son timbre grumeleux retentissait dans la boutique entière.

— Vous me décrivez leurs caractères ?

Il se retourna, un rictus doux fit friser ses tempes. L'amour des papas.

— Fanny est taciturne, Enora est en colère.

L'homme souleva une cloche, grimaça.

— On peut sentir *Rêverie* pour Fanny. La fragrance est construite autour de la glycine, des fougères et du talc. Et *Ecchymose* pour Enora.

— OK.

Jade agrippa des mouillettes, les testeurs, pulvérisa. Les parfums masquèrent le reste. À défaut de respirer cet homme, elle le regarda. C'était étrange. Elle brûlait de se coller à lui. Grimper sur ses chaussures de moto et qu'il la fasse danser. Étrange. L'amour des papas.

— Ils sont chouettes. Un peu agressif, le deuxième…

Jade ne répliqua pas. Les acouphènes, des flashs. Cet homme choyant ses jumelles, leurs mains dans les siennes à la sortie de l'école. Elle les détailla, ses mains. Compactes, poilues.

Tout en lui scandait M-A-S-C-U-L-I-N.

Jade se racla la gorge.

— On a *Pucelle*. Il est plus rose. Avec de la pivoine et de la groseille. Le caprice de Zacharie, ici, c'est le graphite, qui évoque le dessin, les dimanches après-midi, vous voyez ?

— Hm-hm.

Troisième mouillette.

Les flashs débordèrent. Les jumelles claquant la porte de leur chambre, vénères. *T'es archi relou, papa.* Les pleurs, les crises. *Je te hais !* Bobards. Même lors des disputes, papa représentait ce sanctuaire immuable. Il avait de grosses mains, de grosses chaussures, de la barbe, un blouson de cuir. Il protégeait ses filles, il les adorait. Un roc au-delà de la mort.

Les parents de Jade, eux, étaient morts.

Accident de voiture quand elle avait trois ans.

Elle ne les oubliait jamais, à part les jours où elle les oubliait.

— Je vais choisir *Pucelle* et *Rêverie*.

Flottement. L'homme baissa d'un ton.

— Ça va, mademoiselle ?

Les yeux de Jade picotaient. Ce serait une folie, de flancher, d'implorer de l'aide. De confesser : *Non, monsieur, je m'écroule complet.* Jade épingla un sourire à ses lèvres.

— Ça va. Les allergies printanières…

— Ne m'en parlez pas ! Ma femme, Delphine, en a chaque année.

Jade rallia la caisse. Elle imagina Delphine, du mucus aux narines. Les jumelles cramoisies, mollards en bouche. Elle imagina des postillons, la lymphe, le sang, de la tôle lacérée, des boyaux. Accident de voiture. Asticots à la fin. Putréfaction. Les choses biologiques la dégoûtèrent.

Qu'ils crèvent, ces humains si frêles.

Jade méprisa Adam et sa famille.

Elle méprisa ses propres parents.

Méprisa jusqu'à Mamie.

— Vous avez un compte client chez nous ?

— Oui.

— Votre nom ?

— Adam Duchesne.

L'homme se courba vu qu'il fouillait sa poche.

Jade put le renifler, elle ferma les paupières.

Un À fleur de ciel, trois éléments.

C'était sensible et costaud.

C'était du cuir, du miel, de la terre.

C'était l'amour des papas ; un fond idéal pour *Sillage*.

— Papier cadeau ?

— S'il vous plaît.

— Vous désirez boire un rafraîchissement, en patientant ?

— Un rafraîchissement ?

— On sert du champagne à nos clients fidèles.

— Sympa !

— Je vous apporte une flûte, elles sont dans l'arrière-boutique.

*

Delphine inspecta l'heure sur son téléphone, la compara à celle affichée par la pendule. Son attention sinuait. Le crépi blanc, bosselé, les posters. Ça ne s'appelait pas des « posters », d'ailleurs. Comment disait-on ? Vite, elle devait se dégourdir les jambes. Mais si elle ratait le docteur ? Œillade aux posters. Groupes de parole pour les personnes cancéreuses. Réunions des Alcooliques anonymes. Le numéro vert du centre antipoison. Elle voulut l'apprendre par cœur, renonça. Se dégourdir les jambes. Delphine posa son exemplaire de *Vogue* sur la table. L'un des pieds vacilla, il serait judicieux de caler un morceau de journal en dessous.

Elle se leva, un pas ou deux.

Ses semelles couinèrent sur le sol. Revêtement en caoutchouc dégueulasse, à veinures jaunes. Usé par les Crocs des infirmières. Delphine repéra un distributeur de gel hydroalcoolique près de l'ascenseur. Elle actionna le bouton, la substance était gluante, friction des phalanges, automatisme. Delphine s'engagea dans un couloir, au hasard, résista à la tentation de loucher par l'embrasure des portes. Être témoin de quoi ? Le tourment des autres, *bip*, chemisettes de la honte, *bip*, flopées de tuyaux, *bip*, haricots à dégueulis, *bip*, deuils multiples.

Qu'est-ce qu'elle foutait là ?

La veille, Adam avait eu des maux d'estomac, de la fièvre. Il s'était mis à vomir. Paniquée, Delphine avait téléphoné au Samu. Ce soir, Adam était en réanimation. État critique. Qu'est-ce qu'elle foutait là ? Qu'est-ce qu'elle pouvait foutre ? Se procurer un café à la machine, peut-être ? Ou des bonbons, pour Fanny et Enora ? Pas évident, d'incarner son rôle de maman, aujourd'hui. Delphine se sentait minuscule, un bébé. Elle avait besoin d'Adam.

Son socle depuis vingt ans.

Delphine prit un virage, un escalier, se frappa le front de la paume. Quelle conne, elle n'avait pas mémorisé son chemin. Elle échoua dans la salle d'attente de la maternité. Marrant : le moment le plus heureux de sa vie était advenu à la maternité. Cette réminiscence lui fit monter les larmes. Adam. Adam avait bazardé son casque de moto sous le lit. Allez savoir pourquoi, il l'avait gardé sous son bras jusqu'à la chambre. L'émotion, probablement. Ah, les immenses mains d'Adam sur les corps fragiles d'Enora et de Fanny. Ses sanglots d'homme.

Delphine s'arrêta, redémarra.

Acidité dans l'œsophage ; localiser les toilettes ; Delphine sprinta.

Les jeunes femmes en salle d'attente étaient quatre. La première fixa Delphine, puis le couloir, longtemps après la disparition de Delphine. La deuxième cajola son ventre, distraite. La troisième mastiqua son chewing-gum et replongea dans la rubrique horoscope de son magazine. La quatrième s'angoissa. Elle avait peur d'accoucher, peur des complications. Si peur de mettre son fils au monde dans ce chaos. Donc les réactions des gens autour, elle les interprétait comme autant de menaces. Elle inspira… soupira… relativisa. On était à l'hôpital.

L'hôpital avait cet impact anxiogène sur les esprits.

*

Le ressac burinait d'épais sillons sur le sable.

Jade eut la sensation de s'enfoncer.

L'écume s'enhardit dans sa direction, lui titilla les orteils. À cette époque, la mer était glacée. Jade s'y préparait tôt dans l'année : dès le mois de mars, elle s'imposait des douches froides. Rituel de Bretonne. Puis elle nageait. Ces baignades boostaient l'immunité, disciplinaient le mental, Jade apprivoisait sa respiration, son rythme cardiaque. Elle livrait à l'eau des serments, des suppliques, ses craintes. Éblouie, elle plissa les yeux. Son regard se dilua dans l'horizon. Du bleu qui embrassait du bleu, qui embrassait du doré, serti de touches vertes ou argentées. Elle dénombra six mouettes, or elle en entendait davantage.

Au loin, les falaises s'épanouissaient.

Des monstres de granit, dont certains segments s'étaient laissé polir.

Il fallait vivre ici. Pas dans les métropoles malades ni à la campagne – les tragédies y dévastaient aussi, ou au moins la rouille, les fantômes, la misère des uns et l'austérité des autres. Il fallait vivre en ermite, sur la plage. Jade brava une vague, des festons d'algues. Le vent la chahutait, le mouvement de ses cuisses devint pénible. *Lâche tout.* Elle s'élança, fendit l'onde qui suça ses épaules, sa poitrine, son dos. Choc thermique, les frontières entre le dedans et le dehors se brouillèrent. Tétanisés, ses muscles rechignèrent à l'effort. Et puis c'était aveuglant, ces perspectives bleues, l'ampleur des environs. Nager, nager, nager. Être le jouet de la houle, expirer par à-coups. Se transformer en coquillage, en flots, en rien.

Une giclée d'eau infiltra sa bouche, Jade toussota.

Oh, l'indiscutable saveur de l'iode. Elle lutta, nagea fort. Une vague plus hargneuse que ses sœurs l'engloutit, le sel assaillit sa trachée. *Putain.* Crier, lorsqu'on était immergé, ne donnait guère de résultat. Alors bloquer les poumons, ne pas s'enliser. Ne pas capituler. Jade frissonna d'horreur – la mort possible, pas que. Ce rocher, là, au fond. Il arborait les contours d'Adam. Et ces algues bouclées, indigo : s'agissait-il des cheveux de Lou ? Jade hurla encore.

Après quelques brasses terrifiées sous la surface, elle s'éveilla.

Lit mauve ; chambre de bonne dans le Marais.

Touffeur des draps, oreillers grouillant d'asticots.

Elle ne sut pas ce qui était réel.

Paris ou cette noyade.

III

Rosée, fleurs de prunier

The Neighbourhood, « Silver »

Victor se rendit compte qu'il tripotait son téléphone.

Que ça faisait plusieurs heures.

Il fut contrarié par le phénomène. Pas l'habitude d'être pris en otage. Victor avait eu beaucoup de filles, deux ou trois garçons. Souvent, il avait vécu la curiosité, les effusions, les secrets de la peau. Ensuite, l'ennui et sa sale manie d'altérer. Mais aucune prise en otage.

Cette aprèm, il inviterait Sibylle au bar.

Pourquoi c'est ta pote, Sibylle ? Elle est niaise et BCBG.

L'opinion de Jade. Sibylle passionnait Victor, elle se blessait sur un sourcil haussé, une remarque à propos de ses fringues. Il essayait de la libérer. Oui, il inviterait Sibylle au bar.

Ou il contacterait un salon de tatouage.

Ou il se taperait une partie de dominos, seul dans son lit.

Sinon, il irait à son cours de philo antique. La prof le réprimanderait, dissert à la bourre. Ce ne serait pas difficile de la coincer à la fin du cours. *Mes excuses, madame, vous êtes stimulante, je ne vous décevrai pas*. Depuis l'enfance, Victor charmait ses interlocuteurs, ça se révélait plus efficace que la bagarre. Plus agréable. Dans les groupes, il ne prenait pas le *lead*, sa voix fluette l'en empêchait, donc il écoutait. Plus tard, il questionnait, cernait, compatissait. Victor ne jugeait jamais. Une personne avait la même valeur en pleurs ou en pyjama. On s'attachait à lui pour ça : il permettait aux autres de se raconter, ça leur suffisait. Victor acceptait, exprimait ses limites, et si la relation merdait, il désertait. Sans frustration.

Coup d'œil à son portable, pas de *news* de Jade.

Victor était amoureux. Il aimait qu'elle lui manque, il aimait ses poignets, ses chansons, ses contradictions, ses obsessions, ses tibias. Et morfler à cause d'un téléphone muet. Il écarta la couette de son torse – spongieux, merci l'apocalypse et ses canicules précoces.

Jade, Jade, Jade.

Flashback : un mardi, il débarque à Alice Caprices, elle feint de ne pas le voir. Dans les rayons il la traque, traque ses cheveux, c'est une valse. Victor chaparde un baiser à Jade, sous un néon. Hmm, sa façon de céder, de peser contre son corps, d'empoigner l'ourlet de sa manche.

Jade, Jade.

À quoi pensait-il avant de penser à elle H24 ?
Jade.
Ce serait cool d'avoir des *news*.
Ce serait cool d'avoir un câlin.
Ce serait cool qu'elle aille bien.

*

L'espace avait une consistance de chewing-gum, le temps demeurait élastique, les choses impermanentes, les humains venaient, dégageaient, revenaient, mouraient. Jade ne dormait presque plus, évoluait dans ces jolis limbes. Au-delà de la boutique À fleur de ciel, du labo ou du bureau de Zacharie, l'extérieur se déchirait comme de la dentelle. Bitume, millions de silhouettes s'entrechoquant, balbutiements de ciel au-dessus, égouts en dessous.

Jade se fiait à ce qui pénétrait son nez.

Mais les odeurs étaient volatiles.

Tel endroit, telle météo, telle saison. Combien de facteurs déterminaient un accord ? Et cette combinaison ne formait qu'une impression, des volutes qui s'estompaient en trois secondes. De la torture. Hier, Jade avait dépensé une centaine d'euros – *sorry* la banque. Elle avait découvert une marque américaine, Demeter, proposant des jus singuliers. Pas exactement des parfums, plutôt des odeurs quotidiennes, descriptives. On trouvait des flacons de neige, de foin, de peinture ou de pull en laine. Jade surveillait sa boîte aux lettres. Elle flâna, vers nulle part en particulier. Si le vent l'effleurait, elle bifurquait, appréciant chaque effluve en route. Ça ressemblait à être amoureuse. Ou psychotique. Tiens, des rires. Elle releva le menton. Une bande de lycéens trottinaient devant elle. L'un d'eux l'émut. Il avait les cheveux mi-longs, couleur noisette, un jean troué, un débardeur. Cigarette sur l'oreille, skate dans la main. Quand il pouffait, ça répandait des traînées de canines et de papilles roses. Un rayon de soleil cingla contre lui, ses iris furent pailletés d'or. Alentour, les gens musardaient, stoïques. Les beaux garçons ne brisaient que son cœur à elle ? Jade calqua son allure sur celle de la bande.

Ça lui plut. La prédation. Tressaillir.

Plus près.

Plus près.

Plus près.

Elle perçut le parfum du garçon. Il sentait la lessive, le déodorant auréolé de sueur.

Ça convoquait des idées, l'allégorie du printemps, l'annonce de l'été. Un départ en colo, bientôt. Des bisous volés à l'abri des buissons, des adultes. Des projets merveilleux en vue de la rentrée. Pas maintenant. Maintenant, c'étaient les vacances, l'équivalent de dix-huit heures dans une journée classique. On s'était débrouillé, de son mieux, ne restait qu'à s'alanguir, siroter des bières en compagnie de gentils garçons qui transpiraient et dont les doigts poissaient de tabac.

La fragrance était enivrante, pourtant ça ne convenait pas à *Sillage*.

Jade cherchait des notes de tête fleuries, éphémères.

Elle allait faire demi-tour.

Sauf que…

… la blonde à côté du garçon.

Les mâchoires de Jade se contractèrent. Cette mélancolie. On aurait dit des perles de rosée sur des pétales, ceux des pruniers au feuillage pourpre.

— Bon, je vais choper le métro.

— À demain !

— Salut, Virginie.

Virginie. Jade s'engouffra sous terre à sa suite. Fébrile, les phalanges serrées sur son passe Navigo. Qu'on ne la grille pas, surtout. Virginie. Ses lèvres, ses yeux gris, sa gestuelle gracieuse, cet épiderme crémeux des blondes naturelles.

Cahots du métro.

Virginie souriait. Aux vitres, aux passagers. Son bassin ondoyait avec le mouvement de la rame. Légère, elle éplucha son sac, en extirpa un trieur. Bouffées subtiles de papier, d'encre.

Virginie souriait toujours, Jade en conçut de la haine.

Elles descendirent du métro, en banlieue. Les pavillons du quartier étaient identiques : tassés, plain-pied, enduits à la chaux. L'ensemble brodé de balançoires, d'arrosoirs, de bagnoles et d'autres objets insensés. Virginie déverrouilla la porte d'une maison, les breloques de son trousseau de clés tintèrent. Jade s'accroupit derrière une clôture, entre des jardinières au contenu polychrome. Une porte fermée, ça signifiait l'absence des parents. Soubresauts des rideaux, Virginie ouvrit une fenêtre. Celle de sa chambre. Elle déplaça son oreiller, attrapa son pyjama, un bustier et un pantalon orné d'oursons. Puis elle quitta la pièce.

Allait-elle se doucher ?

Ça lui prendrait quoi, un quart d'heure ?

Jade se redressa.

Elle franchit la pelouse. Son système nerveux était parcouru de courts-circuits. *Tu vas entrer par effraction.* Jade enjamba le rebord de la fenêtre. *Effraction.* Elle observa la chambre. Un lit au linge pastel, dans lequel il aurait été doux de se blottir. Une coiffeuse, des photos de ses copines, du vernis, des tisanes aux fruits rouges. Aïe, la ribambelle d'odeurs. Shampoing, larmes arrachées par les skateurs, cosmétiques, chair mûrissante, gencives. Chaleur des plis, coudes et genoux, sexe – aux notes métalliques, ou sucrées à la faveur des skateurs.

Jade identifia un maillot de bain sur le dossier d'une chaise.

Virginie bronzait-elle au parc ?

Virginie.

Virginie avait dix-sept ans, elle souhaitait bronzer, acquérir cette carnation sauvage, des reflets beiges dans les cheveux, être mignonne, séduire les garçons. Jade aussi avait été ça. Une lycéenne frivole. Quelle robe, quelle musique, quels légumes manger ce soir ? Jamais en accalmie entre deux tempêtes, avec l'angoisse que la prochaine ne surgisse. Jade s'en fichait, des tempêtes, elle les accueillait en gloussant. Parce qu'il y avait Mamie. L'école. Un cocon.

Virginie symbolisait-elle ça ?

L'innocence de Jade ?

Ou est-ce que, à ce stade, ça se résumait à de la chasse ?

Il y eut du bruit en provenance du couloir. Jade sursauta. Sans réfléchir, elle s'allongea contre la moquette et se glissa sous le lit. Virginie apparut, enroulée dans une serviette de bain. Elle s'empara d'un disque en coton sur sa coiffeuse, déposa quelques gouttes de lotion dessus. Un hydrolat. Pitié, pas de lavande. Trop violent, trop aromatique. Jade sourit. Là, sur la table de chevet, une bouteille d'eau. Plus tard, y verser le liquide de son flacon. Elle en avait constamment un ou deux dans la poche, où qu'elle aille. D'accord, elle chassait.

Jade reprit conscience une minute.

Elle était… planquée sous un lit.

En train de *stalker* une adolescente.

Ce n'était pas sa faute. Un jour, les skateurs détruiraient Virginie. Elle grandirait, elle s'étiolerait, elle oublierait de bronzer. Puis Virginie mourrait, harcelée d'asticots. Ils dévoreraient l'odeur de rosée, de pétales. Oui, les skateurs et les asticots gâcheraient tout.

*

Douglas avait un *crush* sur Virginie.

Ça durait depuis le collège et ça cassait les couilles. Johan la dragouillait, il fallait agir. Genre, *right fucking now*. Douglas pédala plus vite, les roues de son vélo patinèrent, expulsèrent du gravier sur le parking du bahut. Le jeune homme sauta de la selle, accrocha son vélo, perpendiculaire aux autres. C'était drôle, ces vibrations qui secouaient le corps après l'arrêt. Douglas ébouriffa sa tignasse, frotta son tee-shirt, les bretelles de son sac à dos. Ce matin, anglais en salle 303. Ce bouffon de monsieur Mondiot, qui ne pouvait pas le saquer.

Balek.

Aujourd'hui, Douglas se déclarerait à Virginie.

Il hésitait encore sur la méthode. Soit il lui demanderait son agenda, y écrirait un truc. Bof. Les mots n'étaient pas sa came, en attestaient ses notes minables en français. Même ses listes de courses étaient minables. Soit il s'incrusterait dans la salle avant le début du cours.

Deux scénarios.

Plan 1 : graver un *je t'aime* et signer, dans le bois de son pupitre à elle. Virginie s'asseyait près du radiateur, à gauche de sa pote Octavia – plus conne qu'une brique, celle-là.

Plan 2 : piquer une craie, le marquer au tableau.

Je t'aime, Virginie.

Ça me scie les nerfs de t'aimer, mais je t'aime.

Comme un fou, comme un soldat, comme une grosse merde.

La sonnerie gueulerait, les élèves s'amèneraient, ça se moquerait de lui.

Douglas encaisserait, il était prêt.

Virginie, quoi.

C'est comme çaaa, que je t'aiiime.

Prisonnier malgré moi.

Ouf, cette quantité de chansons ringardes qui lui parlaient, soudainement.

— Doudou, tu paies ta clope ?

— J'en ai plus.

T'as qu'à en acheter.

Et m'appelle pas « Doudou », enculé, c'est maman qui.

Douglas cramponna la rampe de l'escalier, grimpa au troisième étage. Il flippait. L'éventualité que la salle soit close, pire, que Mondiot y zone déjà. Son cœur battait fort, à peu près partout : les tempes, les doigts, la bouche. Il posa une main sur la poignée, poussa. Miracle, la salle 303 s'offrait à lui. Douglas respira, se dirigea vers la place de Virginie. Et si elle s'installait ailleurs ? Non, pas moyen. Douglas sortit sa trousse, son stylo le plus niqué. Il le décapuchonna, se pencha vers le pupitre. C'était trop méchant, avouer son *crush* à Virginie, et en profiter pour vandaliser le matériel du lycée. Ses bras tremblaient, Douglas galérait, procédait par coups irréguliers, ça éjectait des échardes – dont une qui se nicha dans la pulpe de son index.

— Putain !

Du brouhaha. Les intellos, toujours obligés de se radiner cent plombes trop tôt. Douglas souffla sur le pupitre, aspira le sang à l'extrémité de son doigt. Par superstition, il se décoiffa de nouveau, puis bougea au fond de la classe. À la sonnerie, ses camarades affluèrent. Les meufs en essaim, ces trois *freaks* aux cheveux multicolores, les footeux, les rats de CDI, ce mec avec son acné à perpétuité. Douglas en avait marre, du microcosme. Vivement le bac, se tirer de là.

Mondiot se dandinait en queue de peloton.

— Vous êtes matinal, Douglas ! Simplement en retard au cours d'hier, je présume ?

Ta race, toi et tes vannes maudites. Aux States, ça partirait en fusillade.

Douglas guettait la porte.

Cette abrutie d'Octavia. Johan. Laura. Estelle. Doriane. Justine. Et personne.

— On va faire l'appel…

Douglas avala sa salive.

— Monsieur, y a pas Virginie.

Il avait énoncé ça sur le ton de la plainte.

IV

Notes vertes, colle

The Zombies,
« Can't Nobody Love You »

Le lilas flétrissait.

Jade avait cueilli de la glycine, des magnolias, du muguet. À l'aide de fil à coudre, elle suspendait les bouquets au plafond de sa chambre, sur le cadre de sa fenêtre et aux meubles. Elle ne jetait pas les branches fanées, préférant laisser les pétales s'effriter à leur rythme. Les plantes dépérissaient, OK, ce n'était pas une raison pour les foutre à la poubelle.

Sa cigarette roula contre ses lèvres, de justesse, Jade mordit le filtre.

Puis elle hissa son bécher gradué au niveau de ses yeux.

Le liquide était transparent, irisé ; la formule avançait.

Son ordinateur diffusait un épisode de *Vinyl.* À la réalisation, Martin Scorsese et Mick Jagger. Cette série dépeignait le rock des *seventies*, son industrie. Le faible Audimat avait conduit à la stopper sans deuxième saison, tandis que prospéraient des navets à super-héros, formatés, remplaçables. Les fameuses lois du marché. Et si son parfum les subissait ? Jade savait ce que valait *Sillage*, ce qu'elle valait, elle. Or le marché déciderait, il décidait toujours.

Jade remua son bécher en sifflotant.

Ça dispersa des cendres, des poussières de fleurs. Elle se permit une volte des hanches. On ne distinguait plus son lit sous les flacons d'échantillons, les étiquettes, les feuilles griffonnées de pourcentages. La lumière du soleil s'accentua, flamba à l'orée de son corps nu. Jade était en culotte au milieu de sa chambre, elle dansait. Sa chambre convertie en mausolée végétal.

Son portable sonna, elle décrocha, coinça le téléphone entre sa joue et son épaule.

— Allô ?

— *Tu me manques encore.*

Même la voix de Victor ne l'intimidait plus.

— Pas toi. Si tu me manquais, j'aurais envie de te tuer.

— *Ah ouais ? Je t'attends…*

Les lèvres de Jade s'étirèrent.

— T'as souri en disant ça ?

— *À ton avis ?*

Oh, l'impertinence.

N'empêche, pas le *time*. Il fallait fumer, siffler. Plier cette formule, ajouter de la verdeur.

— Si j'étais là, Victor…

— *Tu n'as pas mon adresse.*

— Donne-la-moi.

— *Je te l'envoie par texto.*

*

Les bistrots de Paris avaient des caractéristiques communes. Serveurs agacés, mobilier rouge, cendriers, tables assez proches pour que les dos se heurtent. Celui-ci ne dérogeait pas à la carte postale. Jade buvait son amaretto sans se presser. Alexandre avait commandé du vin. Le fleuriste ne se pressait pas non plus, son regard balayait le vide. C'était charmant, cette manière de contempler par-dessous des paupières lourdes, lestées de cils. Iris vert, scintillant. Il ne sondait rien, personne, aucun endroit précis. Mais il sondait son rien très intensément.

— Alex ? Pourquoi les fleurs, du coup ?

Il tendit la main vers son vin. La chaînette à son cou frémit.

— Je sais pas. Elles se taisent.

Autour d'eux la météo était compacte, une fournaise que la pluie lècherait sans prévenir. Le vent déferlait du mauvais côté ; l'odeur d'Alex se refusait à Jade.

— T'as fait quelles études ?

— Un CAP.

Au bout de la chaînette d'Alex se balançait un pendentif en pierre. Jade observa ses chatoiements, aima à penser qu'il s'agissait de jade chinois, qu'Alex kiffait la lithothérapie. Il s'ébroua les cheveux, sales aujourd'hui. Poésie d'une peau dorée à travers les mèches.

— Et toi, Jade ? Tu bosses où ?

— Boutique de parfums.

Alex se rembrunit, opéra une succession de gestes maladroits. S'enfoncer dans sa chaise, monter ses Dr. Martens sur l'osier, enlacer ses genoux. Il portait un pull couleur brume. Les manches élimées couvraient ses poignets, ses doigts, jusqu'aux dernières phalanges. Ses ongles étaient encrassés de terre, de sève. Alex avait l'air de souffrir, ou d'être épuisé.

— Ça va ? interrogea Jade.

— Ouais. Mon père est parfumeur, ça me soûle.

Jade ne changea pas de sujet, elle était curieuse.

— T'as des problèmes familiaux ?

— Disons que j'ai pas eu le daron du siècle. Toi ?

— Je suis orpheline, ça limite les embrouilles.

— Désolé.

Alex s'éclaircit la voix.

— Sinon, tu veux quoi ?

— Hein ?

— En termes de relation. Tu veux quoi ?

Ça déstabilisait Jade, ces négoces amoureux, définir les clauses du contrat en amont.

— Honnêtement ?

— C'est mieux.

— Tu sens bon, Alexandre.

— Donc ?

Une rafale les berça, Jade perçut son parfum. Cette verdeur suffocante, similaire aux tiges d'un bouquet, le plastique émanant de ses cheveux, colle en bâton.

— Donc, j'ai pas l'intention d'être ton amie.

— Cool. On se pose chez moi ?

— Vas-y.

À partir de là, Jade se perdit.

Dans le métro, dans les rues. Elle lorgnait les gens, exaspérée. Ils n'avaient pas le droit de renifler Alex. La foule n'était pas à la hauteur de cette fragrance angélique. Alex lui-même n'en était pas à la hauteur. Seule Jade la méritait. Cette meuf au chapeau débile, cette meuf frôlait Alex à cause du lampadaire, elle le frôlait, s'empiffrait du vert et de la colle et de l'épiderme. Putain, la jalousie ; étrangler cette salope. Ne plus partager l'odeur d'Alex, jamais.

— C'est là.

L'une des manches en brume désigna un immeuble.

Obscurité du couloir, en décalage avec les lueurs du dehors. Des marches, quatre, cinq, un million. Dès qu'ils franchirent la porte, Alexandre l'embrassa. Malgré l'excitation, Jade devait cataloguer. Tout comptait, les nuances, les textures, les détails. Elle examina, en dépit des mains d'Alex, des froissements de son pull, de ses mèches. Murs beiges, déco minimaliste. Un écran plat, le frigo, du muguet dans des pots de yaourt. Un fragment de salle de bains. Faïence, gel douche, peigne en corne entortillé de cheveux. Leurs pieds s'enchevêtrèrent. Une Dr. Martens fut abandonnée en route. La chambre. Des fringues au sol, sol en faux plancher à l'odeur aigre. Oreillers et draps défaits, d'aspect granuleux. Jade repoussa Alex, qui tomba dans son lit. Des tatouages grignotaient son ventre, en plus de ceux sur son visage. Le fleuriste haletait, Jade se rua vers lui. Elle huma, centimètre par centimètre ; la bouche, la nuque, le nombril. Il parlait, elle n'entendait pas, se déshabillait. En revanche, elle prêtait attention à ses soupirs. Parce qu'ils exhalaient son haleine caoutchouteuse, citronnée. Oh, les poils châtains, le sébum chaud du cuir chevelu, le sel au sommet de la pomme d'Adam. Jade immobilisa les bras d'Alex, il gémit. Leurs corps se découvrirent. Puis, sous elle, les cuisses du jeune homme se crispèrent. Ses sourcils dessinèrent un accent circonflexe – moitié douleur, moitié plaisir.

Jade pivota, s'allongea.

À tâtons, Alex attrapa son paquet de tabac et son briquet sur la table de chevet.

Il fuma deux cigarettes, en silence.

Jade se remémora la brillance des yeux, le rose des lèvres. Elle pouvait se tourner, s'en gaver encore, mais Alex était déjà loin. Cette physionomie de garçon chagrin, maintenant, ça appartenait à Jade. Elle avait enregistré. Les yeux cloués au plafond, elle patienta. Ralentir son pouls, d'abord. Alexandre Mignard. Il existait sûrement un univers parallèle où ils formaient un couple, où ils se murmuraient des *je t'aime* qui soignaient leurs égratignures respectives. Peut-être réconciliait-elle Alex et Zacharie ? Peut-être les présentait-elle à Mamie ?

Quelle importance ? On était ici.

Ici, Jade n'avait plus qu'à rejoindre le labo.

Ici, Alex bascula sur le flanc. Ce n'était pas beau d'être nue, dans ses yeux à lui. Ce n'était pas beau. Ordinaire. Comme si Alex ne savait pas combien Jade était unique, spéciale. Comme s'il ignorait qu'elle était Jade et que personne d'autre sur Terre ne l'était.

L'espace d'une minute, Jade eut un affreux doute.

C'est qu'Alex souriait, que son sourire la bouleversait.

Elle se racla la gorge.

Sois courageuse.

— Je me confie à toi ?

— Ouais.

— Le parfum, ce n'est pas juste un taf, c'est ma vie. Je crée ma fragrance, là. *Sillage*…

Alex triturait sa clope, les pupilles plongées dans le néant. Il avait déconnecté. Jade monologua un instant. À la fin, Alex rétorqua « OK » et elle gloussa, heureuse. La conviction qu'elle n'avait plus besoin de l'amour de ses proies. Elle avait besoin de leurs effluves.

— Je m'en vais, conclut-elle.

— Si tôt ?

— T'inquiète, fais pas semblant. Avant, je voudrais un verre d'eau. Je t'en apporte un ?

— S'il te plaît.

*

— On récapitule *Sillage* ?

Mercredi, troisième jour de la semaine.

— Oui.

Jade donna un flacon à Zacharie, la mod numéro 27.

— Hmm…

— Hmm ?

Elle se raidit.

— Il y a toujours ta tubéreuse funèbre. Je sens aussi des notes vertes, presque synthétiques. Elles me touchent beaucoup.

Zacharie s'attendrit, Jade croisa les bras. *Votre fils.*

— Ton ouverture est ténue, fleurie. Je discerne un fond musclé. Du cuir ?

— Du cuir, du miel et des notes terreuses.

Derrière la fenêtre, le soleil épaississait.

— J'ai envie de café, en cœur.

— Mais Jade… tu n'apprécies pas le gustatif.

— Le café, c'est élégant. Pas trop sucré.

— Le sucre se suggère. En utilisant du mimosa, par exemple, on est en mesure de…

— Non, pas de mimosa !

Zacharie percha une main sur son torse, Jade l'effrayait.

— OK, on se calme. Donc, du café en plus. Soyons francs, Jade, je crains que ça ne surcharge. Y a énormément de fioritures.

— Des fioritures ?

Jade estimait son mentor, or une partie d'elle se hérissa. Zacharie ne devait pas la rejeter, passer à côté de ce qu'elle exprimait. Pas lui. Un trimestre qu'il la soutenait. Le bouclier entre elle et les asticots. *Je vous en supplie, ne devenez pas mon adversaire.*

— Jade ?

— Hein ?

Visiblement, Zacharie était étranger à ce drame. Quel drame ? Zéro drame.

— Il évoque quoi, pour toi, ce jus ?

— C'est un secret.

Jade se tordit les mains.

— J'en reviens aux fioritures. Elles sont… un écrin. Protégeant la note dominante.

— Qui sera ?

— L'amande.

*

Le lendemain, les ultimes pétales de psoriasis chutèrent.

Jade était libre.

V

Amande, lait, talc

Muse, « Sing for Absolution »

Le ciel était fâché, ça faisait des heures. Jade le surveillait par sa fenêtre. Elle savait. Un signe, et elle s'élancerait. En prélude, les nuages se boursouflèrent. Camaïeu violet, bleu, semé de virgules roses. Bientôt, l'électricité poindrait. Bientôt. Alors elle s'élancerait. Jade fouilla son armoire, sélectionna une robe courte. Coton noir à pois blancs, un domino en négatif. Elle ne s'encombra pas d'une culotte ni de chaussures. Pas la peine. Par-dessus sa robe, elle enfila le sweat de Victor. Celui qu'il lui avait offert le soir du toit. Le tissu empestait l'amande.

Jade aperçut un éclair argenté, le premier coup de tonnerre fendilla l'atmosphère.

Elle se munit d'un flacon, le rangea dans sa poche. C'était le cinquième. Un minuscule flacon d'échantillon, trois millilitres. Sur l'étiquette, elle avait crayonné du muguet.

J'ai fermé à clé ? Qu'est-ce que ça fout ?

Dévaler l'escalier. Aujourd'hui, sous l'orage, récolter Victor, le posséder enfin. Ne resterait que la note de café, ça constituerait la mod numéro 33. Ce serait réglé, *Sillage* existerait. Jade claqua la porte de son immeuble. Elle avait appris l'itinéraire par cœur, merci Google Maps. Lorsqu'elle arpenta le perron de l'église Saint-Paul, de tièdes gouttelettes s'abattirent sur ses jambes. Jade se mit à courir. La moiteur ambiante décupla les odeurs. C'était au tour du chèvrefeuille de bourgeonner, pétales fugaces, jaunes et crème, aux allures de papillons. Les fleurs étaient comestibles, les baies extrêmement toxiques. Une espièglerie supplémentaire de la nature. Hmm, le parfum du chèvrefeuille. Miellé, printanier, sexuel. La pluie redoubla, des flaques s'éparpillèrent sur les trottoirs. L'eau était trouble, souillée de pollen. Jade jouissait de les éviter, ou de sauter dedans. Très vite, elle eut les cheveux trempés, des éclaboussures jusqu'aux genoux. Le tonnerre hurlait, la foudre illuminait les plantes sur les façades. Humidifiée, la roche répandait son arôme minéral. Le goudron s'en mêlait, chaque pavé, chaque rebord en ciment. Ça rappelait l'eau des bénitiers, leurs moisissures. Les pots d'échappement, eux, faisaient office d'encens. Oui, le tout-Paris embaumait la sainteté.

Combien c'était obscène…

Avec ce pollen…

En suspens…

Une invitation à profaner, à profaner sa foi en Victor.

Jade avait foi en Victor.

Et si je m'étais trompée ? Non, je ne me trompe pas. Victor est une certitude. Tant pis si lui et moi on n'est que du vent. Le vent, c'est puissant. Ça fauche les arbres et les humains.

Jade contourna une bicyclette, eut la tentation de la voler. Dès son emménagement, on l'avait privée de la sienne. Ce ne serait que justice, alignement cosmique. Elle renonça. Au détour d'un boulevard, elle croisa des manifestants, se nourrit de leurs cris en chapelets. Ces psaumes lui étaient destinés, la circulation, cet orage. La journée entière gravitait autour d'elle.

Bonheur d'être en vie, bonheur sacré, bonheur de rallier le territoire de Victor.

Jade appuya sur les boutons du digicode ; ses doigts ne tremblèrent pas.

Elle prit l'ascenseur, pour s'admirer dans le miroir, pour les guilis au ventre. Frapperait-elle à la porte ? Non. Non. Non. Zacharie avait clamé : *Quand on est inspiré, on n'a pas le temps d'être poli.* Jade voulut s'octroyer une pause. Chasser l'effervescence, regagner en audace. Mais il s'agissait de Victor. Inutile de parader, elle lui devait le vulnérable.

La poignée céda sans se défendre.

Studette bicolore, deux murs peints en noir, deux murs peints en blanc. Des photographies glauques épinglées : rockstars suicidées, branches crochues, accidents de voiture. Mobilier Ikea, ordinateur, couette en damier, tapis pelucheux. Et partout ce parfum intime, charnel. Victor émergea de la salle de bains, ne fut pas surpris que Jade soit là. Peu de chose l'ébranlait. Il était vêtu d'un bermuda en jean, d'un tee-shirt. Des croûtes hachuraient ses genoux, un pansement se décollait de son coude. Autant de miettes de lui, irrésistibles. Le plus fou résultait d'une nouveauté. Ce tatouage en fines majuscules, à l'intérieur de son bras gauche.

Marche triomphale de l'amour.

— T'as un tatouage ?

Jade ne s'étonna ni de sa voix enrouée ni de la stupidité de sa question.

Elle adorait Victor.

Il sourit.

— C'est dans *Belle du Seigneur*, d'Albert…

— … Cohen, je connais. Ça signifie quoi, selon toi ?

— L'état de grâce, quand on va vers la bonne personne. Qu'on est essoufflé, qu'on transpire.

Ils déglutirent l'un après l'autre.

Jade avait zappé cette faculté de Victor à faire ronronner une pièce.

— T'es là. J'en déduis que t'es prête ?

— À quoi ?

— À moi.

— Je suis prête. Normal, j'ai pété les plombs.

Le flottement s'atténua. Jade scruta la blondeur, la chevalière. Ces fossettes parce que Victor était satisfait de lui. Ça aussi, elle avait zappé : il la rendait furieuse.

— Tu me trouves différente ? Plus forte ?

— Y a jamais rien eu de fragile, chez toi.

— Sauf nous.

Depuis que Jade était entrée, elle n'avait pas bougé. Ils se tenaient à une dizaine de mètres. Quelqu'un romprait la distance à un moment. Pourquoi pas elle ? Jade avança, Victor la dévisagea. De ses pieds nus à la pointe de ses cils. Par vanité, elle se grandit.

— Notre histoire était cheloue. Ça m'a laissé tellement de stigmates...

Victor pencha la tête en arrière.

— Les gens sont responsables de leurs choix, Jade. J'ai pas menti sur qui j'étais. Tu m'as choisi, je ne t'ai pas obligée.

— C'est ton plaidoyer ? Je suis nocif, malgré ça, je suis sincère ?

— Bah ouais. J'assume. T'assumes, toi ?

Victor leva le bras, toucha les cheveux de Jade. Sa proximité lui envoya une décharge dans les veines. Son sang brûlait. Il rebaissa le bras, un pétale meurtri entre les doigts.

— Jade, t'as eu un mec ?

— Putain.

Les traits de Victor se creusèrent.

— Réponds-moi.

— J'ai eu un mec.

Il inclina le menton.

— T'es en couple ? Tu le kiffes ?

— Non.

Jade épia les mouvements de son torse sous le tee-shirt. Sa respiration s'emballait.

— Je l'ai tué.

Victor pouffa.

— N'essaie pas de me consoler.

— Je l'ai empoisonné.

Les yeux de Victor rougirent, ses cernes se mouillèrent.

— Pourquoi tu pleures, Victor ?

— Je suis pas du genre à pleurer.

— Pourquoi tu pleures ?

— On est du gâchis.

— J'ai écouté tes conseils, je fabrique mon parfum à moi.

— Sérieux ? Il est mauve ? T'avais promis…

Certes, elle avait promis. Au mois de décembre ; ça datait d'un millénaire.

Victor jucha ses mains sur les joues de Jade. Elle sentit ses rotules vaciller, ses mollets. Subitement, elle eut froid aux orteils, la nausée. Des images jaillirent. Des mots, des prénoms. Ce poids pesa sur son squelette, elle trébucha. Victor la retint par la taille.

Il aurait été agréable de se glisser sous sa peau à l'amande.

D'oublier les méchantes bêtises.

Son esprit n'en ébaucha qu'une ombre. Jade fut perplexe. Les méchantes bêtises. Ce n'était pas réel, elle n'avait pas commis ça. Les méchantes bêtises. Ce n'était pas réel.

Les êtres chers n'accédaient pas à l'immortalité ; les parfums, si.

Sa collection de miniatures en était la preuve formelle.

Voilà, aucune bêtise, Jade s'exerçait à l'alchimie.

Sillage était une déclaration d'amour.

— Jade… ?

Ils échangèrent un baiser, elle se dégagea.

— T'es relou. Un garçon gentil que si on le blesse.

— Et là, je suis hyper blessé.

— Que je me sois tapé un mec ?

— Que tu ne m'aimes plus.

Ne plus t'aimer ?

Jade retira son sweat. Elle saisit la main de Victor et la plaça sur sa poitrine. Afin qu'il reçoive son pouls, qu'il sache. Il la retourna, l'attira à lui, promena ses doigts le long de son corps.

— Ton psoriasis a guéri.

— La santé, c'est un choix, non ?

— Bravo.

Plaquée contre Victor, Jade lâcha prise. Du bout des lèvres, il butinait son cou, ses oreilles. Elle ne sut pas ce qui l'enfiévrait le plus, ces chatouilles ou son érection. Sa nuque se brisa, alunit sur l'épaule de Victor. Leurs bouches fusionnèrent, ils reculèrent. Le lit, Victor s'y assit. Leurs gestes étaient confus, nombreux.

D'une moue tacite, ils abdiquèrent face à la complexité du textile. Bretelles de robe, ceinture, mécanismes… Qui se souciait des amants en retard ? Vaincre la braguette suffirait.

Leurs yeux se lièrent à l'instant où.

Victor posa le front entre les seins de Jade et gémit.

Les paupières closes, elle serra les dents.

Tout était pardonné ; lui, elle, tout.

Pas d'asticots, zéro bêtise.

*

Albert Cohen
Belle du seigneur

LXVII

Victorieuse en sa robe voilière, elle allait dans la rue, blanche nef de jeunesse, allait à larges foulées et souriait, consciente de sa nudité sous la toile fine, sa nudité que la brise caressait de fraîcheurs. Je suis belle, sachez-le, vous tous que je ne regarde pas, sachez-le, et regardez une femme heureuse.

[…]

Ô ce soir ! Ce soir, voir ses yeux et ses impatiences et ses voltes soudaines pour la regarder profond et chaud, et elle ne saurait plus alors et elle fondrait. Ô ce soir ! Ce soir, prendre sa main, encercler l'étroit poignet si émouvant, et puis elle contre lui et les lèvres, et puis les seins, et puis nue et être regardée. Ô merveille d'être regardée et trouvée belle.

[…]

Marche triomphale de l'amour. Elle allait, orgueilleuse et ridicule, géniale. Derrière ses yeux, il y avait tant d'idées enthousiasmantes qui faisaient la roue de paon, toutes nourries du sang du cœur et qui seraient si belles si elle voulait les voir. Mais elle n'avait pas le temps. Elle allait se faire belle, allait vers l'aimé, fière et croyante, et des chants la suivaient, dorés comme elle, leur grande sœur, heureux, absolument légers, d'une pureté printanière, ô ces fleurs blanches qui dansaient dans les grandes herbes, des chants si aimants, sûrs de leur charme, sereins et gracieux.

Timothée
17 h 39

Marcy Playground, « Sex and Candy »

Le soleil est blanc. Une pastille éblouissante, ça nique les nuages. Des gonzes bradent du muguet au coin des rues. À cause du pollen, mes yeux piquent. Et mes mains puent le crade. Je saurais pas l'expliquer. Dès qu'il fait 20 °C, de la poussière dégueulasse lèche la peau.

Je me réinstalle sur mon banc.

Surface verte et écaillée, des tags : chaque banc de chaque ville.

La brise décoiffe mes boucles. Pas loin résonnent des chants de mômes. La cour de récré d'une école, probablement. Je monte une clope vers ma bouche, mes doigts ripent sur le roman que je lisais. La fumée se fracasse aux pages, j'arrive plus à déchiffrer. Alors ça démarre. Un sentiment étrange. Comme si j'étais le prisonnier de ce tableau. C'est une aquarelle, *by the way*.

Peut-être que je dépersonnalise ?

J'avoue, je dors peu et j'avale tout. Café, vin, somnifères. Plus que d'habitude. La faute aux transitions saisonnières. Je vis ça archi mal. Elles me ramènent à une version précédente de moi. À ses problèmes et à ses insécurités. Les premières chaleurs, l'automne, les flocons de l'hiver, une canicule, boum… Qu'importe si je suis heureux, ça m'explose à la tronche.

Est-ce que les autres éprouvent ça ?

Être percuté par mille endroits, mille âges, mille « je » ?

Et les vieux, comment ils gèrent cette masse de souvenirs ?

Je suppose qu'une telle densité de passé limite les angles d'avenir.

Bref, mon bouquin.

Le Parfum, de Süskind. L'histoire d'un type obsédé par les odeurs, qui bute des pucelles et a l'ambition de créer un parfum. J'imagine, ma concentration est relative. Je feuillette en diagonale, je galère, je reviens en arrière. Puis une silhouette de meuf apparaît dans l'horizon. Hyper maquillée, les cheveux au carré, des mèches roses, des brunes. Je remarque l'anneau dans sa narine. Elle est jolie, cette meuf ? Aucune idée. Elle enfouit les mains dans les poches de son sweat. Petit short en jean, ballerines. Je suis fou ou elle avance dans ma direction ?

Qu'est-ce qu'elle me veut ?

Petit short insinue petites hanches, cuisses frêles. Ses mouvements sont harmonieux, pas précipités.

Foulée gauche, foulée droite. Y a de l'évidence dans cette façon de se déplacer – vers moi, merci. Je distingue vaguement ses yeux. Ils sont tristes. Les cordons de sa capuche tressautent, je trouve ça mignon. C'est qu'elle doit me plaire. OK, elle me plaît.

— Salut.

— Salut.

— Je peux m'asseoir ?

— Ouaip.

Ouaip. Qu'est-ce que tu racontes, cow-boy de mes couilles ? Elle se pose, le banc grince. Voilà, je suis content. Le bois du banc a grincé. Il a murmuré que je n'étais plus solo.

— Tu lis quoi ?

Elle me regarde pas. Moi si. Ses pieds sont croisés au sol, ils jouent avec le gravier. Ses lèvres dépassent de ses cheveux. Elles sont fluettes. Je préfère les bouches pulpeuses.

Ça me réconforte : cette meuf a des défauts.

— *Le Parfum*.

— T'en es où ?

— Jean-Baptiste Grenouille est barré de la tête dans sa caverne.

Elle glousse. Mon estomac est vrillé. Vite, des défauts.

— Tu t'appelles comment ?

— T'occupe. Je te taxe une clope, OK ?

— OK.

Extirper le paquet de ma sacoche, le Zippo, les lui tendre, elle a les doigts pareils que des pinceaux, ma métaphore est foireuse, ses lèvres sont plus pulpeuses que prévu.

— Merci.

Elle coince la cigarette entre ses incisives.

— Tu t'intéresses à l'olfactif ? Vu que tu lis *Le Parfum* ?

— En vingt ans, on m'avait jamais demandé ça…

On se détend, elle glousse encore.

— Tu t'y intéresses, toi ?

Enfin, elle pivote et me fixe. Sous les cernes et le mascara, elle a des taches de rousseur. Une expression fatiguée. Toi aussi, tu te bousilles aux somnifères ?

— Je m'y intéresse…

Elle se renfrogne, braque les yeux devant, je suis effacé de sa périphérie. Un truc vibre. De la colère, *a priori*. Je culpabilise. Putain, c'est l'interaction la plus perchée de ma *life*.

— Tu sens le café. Et la fève tonka. T'es étudiant ?

— L'interaction la plus perchée de ma *life*. Sans déconner.

Elle rigole, balance son mégot dans le gravier.

— J'essayais une vanne. Par rapport à ton bouquin. Au moins, on est d'accord à propos de mon humour : il est à chier.

— T'es excusée, je suis pas bon public, ces jours-ci.

— Tu fais quoi, sinon ?

— Je suis étudiant en audiovisuel. Tu l'avais deviné, Jean-Baptiste Grenouillette.

— Non, tu fais quoi ce soir ?

Je hausse les épaules. C'est vrai, l'après-midi s'éteint. Va falloir songer à un programme. Se dissocier de ce banc, déjà. Ne pas crever sous les rayons du soleil.

— Une fête. Chez des potes.

Silence. Hormis les écoliers qui miaulent toujours. La récré s'éternise.

— Je t'incruste ?

— Vas-y.

Puisque l'aquarelle n'est pas assez cheloue, je me mets à saigner du nez. Une goutte chute sur le col de ma chemise, une deuxième sur un bouton près de mon ventre, la troisième sur mon slim. Ça pisse. Je m'agite, je cherche un mouchoir dans ma sacoche.

— Pardon…

Je me contorsionne, je fourre le mouchoir dans ma narine. Y a un bruit naze quand je respire, un bruit sifflant. Elle est *chill*, à côté de moi. Elle est joyeuse.

— Tu saignes souvent du nez ?

— Depuis que je suis gosse. J'ai pécho tous les ORL de Paris, c'est mon palmarès. Personne diagnostique ce que j'ai. Mais ils réussissent à diagnostiquer ce que j'ai pas : tumeur, trauma, sinusite, anomalie vasculaire… Le dernier médecin que j'ai consulté, il m'a conseillé la méditation. Selon lui, c'est d'ordre somatique. Je serais enclin au stress.

— Hmm. Moi j'ai eu du psoriasis, longtemps.

— Ah ouais ? On dirait pas.

La phrase est tellement crétine qu'elle enchaîne :

— J'ai testé des pommades. Puis j'ai compris que c'était psychologique. Le cerveau déteste bloquer sur l'absurde, ou la taille du cosmos. Donc il déclenche des conneries, des maladies qu'il rumine.

— Ça s'est calmé ? Ton psoriasis ?

— Ouais. J'ai plus matière à ruminer.

— Pourquoi ?

Elle bombe les lèvres. Définitivement charnues.

— Je l'ai décidé. On bouge ?

— *Go.*

L'aquarelle se déchire, on s'en échappe. J'ai l'impression que le banc m'arrache un morceau.

— Si j'ai pas le droit d'avoir ton prénom, tu veux le mien ?

Elle époussette son short.

— Non. Je m'en fous.

Je m'appelle Timothée, même si tu t'en fous.

18 h 51

Eels, « That Look You Give That Guy »

On a pris le métro, on zone à Carrefour.

Disons que moi, je zone à Carrefour. Elle, elle est statique. Prostrée devant l'aquarium du rayon poissonnerie. Elle mate les homards et les crabes. Les larmes aux yeux, presque.

— Ça va pas ?

Elle a rabattu sa capuche sur sa tête.

— Ils vont être ébouillantés.

J'ai du sang séché dans la narine, ça tire.

— On devrait les acheter ! On les transporte en caddie et on les largue au-dessus de la Seine.

— Ouais…

— On en garde deux ? Un couple ? On les surnommera Bonnie et Clyde.

Peu de chances qu'on le fasse. Au moins, elle a ricané.

J'ai jamais eu d'animaux de compagnie, mes parents l'interdisaient. À part ça, ils sont gentils. Quand je *bade*, ils disent : *C'est de ton âge, ça passera*. Parfois, ma mère me serre entre ses bras. Et tout va bien. Un talent de maman, qui ne dure que l'épisode du câlin. Bref, pas d'animaux à la maison. Dommage. Ça me hante, ces visions : à la campagne, y a des tas de clébards pendus à leurs chaînes. Ils aboient et attendent la mort. C'est pas terrible.

— Bon, ma chère, on apporte quoi à la soirée ? Vin ? Bières ?

— Du Kahlúa ?

— C'est quoi ?

— Une liqueur mexicaine. Arôme café.

On migre au rayon alcool. La musique de Carrefour me noie. L'odeur. Un mix d'antiseptique et de sucre, comme au cinéma ou dans les gares, les aéroports. Puis y a des pubs sur des écrans. Familles comblées, expressos de luxe, îles paradisiaques. On n'aura aucune de ces daubes. Les pubs, c'est la réalité en 2.0. Nous, on est ceux qui ne franchissent pas l'écran.

— Tu ressembles à Peter Hayes.

— Qui ?

— Un des chanteurs de BRMC.

Marre de ne pas piger ses références, je me tais. J'espère que c'était un compliment. On choisit des chips au paprika, sa liqueur, on va à la caisse. Dans ma sacoche, j'ai un *tote bag*.

— Ça fera 23 euros et 12 centimes. Une carte fidélité ?

— Euh, une seconde.

Là, c'est trop laid, je suis piégé par les poignées du *tote*, mon portefeuille glisse. Cinquante cartes de fidélité, là-dedans, comment je chope celle de Carrefour ? Merde, c'est à Intermarché que j'ai une carte, pas à Carrefour. Derrière moi, elle sourit. Je file du cash, une piécette tombe, roule, ça traîne. Il nous faut plusieurs minutes avant de sortir du magasin.

— Quoi ?

— T'es chou. Tu ne sais pas quoi foutre de tes mains. Tu les tortilles, tu les promènes devant ton visage. Tes mains, elles m'évoquent des toiles d'araignées.

Et toi, t'es belle.

— Mes potes habitent dans le 9e. C'est la ligne 12.

Elle acquiesce, retour sous terre. Ça me chamboule d'être avec : je la connais pas. Est-ce qu'on a des points communs ? Elle est abîmée. Peut-être que c'est mauvais ? Que je devrais fréquenter des meufs équilibrées ? Moi, on me parle et j'éponge les peines. Je suis un garçon buvard. Du coup, agoraphobie pendant six mois. Le lycée par correspondance, on adore. C'est ma génération. On est pessimistes, flippés. Les adultes nous le reprochent. Sauf que depuis des années, les événements nous prouvent qu'on a raison de flipper. Du style pandémies, violences, climat, guerres, lointaines ou pas, extinction de la biosphère, crises, crises, crises. Du style marcher dans du goudron en gelée et des abeilles qui agonisent. Je soupçonnais que le monde était dangereux. On me l'a répété et martelé. J'ai archivé l'info.

Pourquoi t'envisages automatiquement le pire, Tim ?

Qui m'a offert la possibilité d'envisager le meilleur ?

J'ai bossé, une thérapie comportementale. En septembre, ça s'est amélioré.

Dans l'immédiat, j'ai pas d'ennuis. Mais je « tortille mes mains » et je saigne du nez. Parce que, autour, les gens mûrissent et s'affirment. Perso, on m'enlève une portion chaque jour. Vivre me diminue. Les caissières de Carrefour me diminuent. Les saisons me diminuent.

— À la prochaine, on descend.

— OK.

On retrouve l'air libre, on flemmarde dans la rue.

— Dis-moi ton nom.

Elle soupire.

— Jade.

— Moi, c'est Timothée. Tim.

Jade m'ébouriffe les cheveux.

— Timothée, le messie des homards.

Son poignet se baisse, je l'attrape. Elle sourit encore. Dans mes organes, c'est le carnaval, le jubilé des crustacés. Je suis dégoûté qu'on arrive. À l'Interphone de Camille, je sonne.

— *Oui ?*

— C'est Tim.

— *Monte !*

Dégoûté. Annonce-moi que la soirée est annulée, j'ai Jade au bout des doigts. On grimpe l'escalier. En haut picolent mes amis du lycée. Fraction de lycée. Ils ont évolué, la plupart sont en fac de philo. Ou de lettres. *Fuck*, j'ai des bourdonnements dans le front.

— Ça va ? demande Jade.

— Hmm, le trac.

— Pourquoi ?

— Complexe d'infériorité ?

Elle penche la tête vers son épaule.

— Ooooh…

Onomatopée méprisante. Je suis un de ces crabes de l'aquarium, j'ai du Scotch sur mes pinces.

— T'inquiète, Tim. Mon glamour compensera.

— Mouais. T'es même pas en talons.

Jade ferme le poing, elle me frappe l'épaule. Je rigole, elle rigole. Sérieux, on peut pas rester en duo ? Ici, dans ce couloir ? Une porte s'ouvre sur la gauche.

— On y va ?

— Allez. Je te tiens, Tim. Je te lâche pas.

J'entre, je claque des bises. La musique nous éclabousse. Beaucoup de faces nouvelles, des potes de potes, pas les miens. Jade me suit. Elle marmonne des *salut*.

Camille n'est pas là. Paie ton accueil. Paie ton hôtesse.

Je me tourne vers Jade.

— On range les courses ? À la cuisine ?

— OK.

Elle a dû tilter que j'étais nerveux, elle me précède.

Alors c'est dingue. D'abord, ses jambes sont dingues sous son short. Surtout, elle n'avance pas, elle coule au milieu des invités. Ils ne la voient pas, ces débiles. La cuisine est plus tranquille, si on fait abstraction des néons jaunâtres. Betty et Mel se disputent près du frigo.

— Y a quoi de mal à énoncer que les hommes et les femmes sont différents ? grogne Mel.

— T'es réac !

Jade les évite. Elle pose le Kahlúa sur le comptoir.

— Réac ? C'est une hérésie scientifique, de prétendre le contraire.

— T'es pas progressiste ?

— Si, je suis progressiste. Je suis féministe. Je suis tolérante. Juste, la tolérance, ce n'est pas de nier les différences. La tolérance, ce serait plutôt de les accepter. De les célébrer.

— Et l'égalité ?

— Biologiquement, ça n'existe pas. Il faut viser l'équité. Ça, ce serait logique.

— Excuse-moi d'avoir des combats !

— Des combats ? Selon l'hémisphère, on excise des gamines ou on râle en inclusif sur Twitter. Toi t'es là, tu polémiques, tu te récompenses au Starbucks. T'as pas de combats. Ni d'opinions. T'as Internet et des privilèges. T'as des dogmes à la mode. Tu les régurgites, monnayant de la popularité. Mais demain, si les réseaux sociaux sont *down*, ton cerveau sera *down*.

Jade s'incline vers Mel.

Elle la… renifle ? Tellement *weird*, cette meuf. Y a plus qu'un truc qui m'obsède. Ce moment où on s'isolera. Pour une clope ou n'importe. Ce moment des effleurements.

— Tim, *help* ! braille Betty. Mel me soûle.

Mes poumons se gonflent.

— Je m'en branle.

Jade quitte la cuisine, moi aussi.

22 h 13

Cassius, « I <3 U So »

Je suis sur le canapé, contre Camille. C'est mon amie, Camille. Elle est drôle, maligne, blonde. Jade squatte un pouf en mousse. Je lui ai fauché son Kahlúa. Ça se boit avec de la vodka, des glaçons, et ça donne un *Black Russian.* Ravi de l'apprendre, j'en ai enquillé une dizaine.

Le temps se déglingue.

Y a eu des chamailleries, des concours de shots, des challenges TikTok. Je peux pas blairer ces saloperies. La sonnerie a beuglé cent fois, tous les invités sont en place. Nous au salon. Les conversations se mélangent. On est neuf autour de la table basse. Jade et moi, Camille, Virgile, Charlotte, Sacha, Violette, Gabriel et Laetitia. J'essaie de pas la fixer, Jade.

Ses mains se posent entre ses cuisses.

C'est pas sensuel, elle doit avoir froid. C'est sensuel de ouf.

À côté de moi, Farinelli dort. Le chaton de Camille. Il est beige, tigré. Je vois ses coussinets. À l'envers, ils dessinent un ourson rose. Le coussinet central, ça forme la tête et les oreilles, les quatre petits, ça forme les pattes. On dirait que le corps de Farinelli clignote. Est-ce qu'il rêve ? Bordel, les animaux rêvent. Je me souviens des homards. Rien que ça : les animaux rêvent. Ça devrait être suffisant pour pas les bâfrer en rôti ou en civet ou en tranches.

— Sinon, vous avez entendu ? Les empoisonnements ?

La question de Camille plane dans la pièce.

— Non.

Elle me regarde, sidérée.

— T'habites sur Pluton, Tim ?

— Bon, accouche.

— Des gens débarquent à l'hôpital en gerbant. Ils ont des vertiges, mal au crâne…

Le brouhaha des discussions est absorbé par celle-ci.

Les autres tisent leurs cocktails, écoutent, écarquillent les yeux.

— Apparemment, des intoxications au cyanure. Les analyses sanguines montrent que ces gens avaient consommé des anxiolytiques. Et, plus glauque, du muguet.

— Du muguet ?

— C'est super toxique. Les profils des victimes concordent pas, donc le public s'alarme pas. Moi, j'ai lu sur un site que la piste criminelle était plausible.

— Ah ouais ?

— Ce serait une empoisonneuse. Ils l'appellent la « Fée Clochette », par rapport au muguet.

Gabriel et Laetitia se barrent. Violette réplique qu'Internet est blindé de *fake news*, Charlotte chuchote que, sans être conspirationniste, c'est cool de se méfier. Virgile bat des cils, mate les meufs. Moi, je suis bourré. Jade se lève et réquisitionne l'ordinateur. Bizarrement, personne rouspète. Elle lance un son, elle se met à danser. Des gestes timides, au début. Rotations du bassin, un bras s'allonge, le deuxième. Puis elle vire ses ballerines. Les invités louchent dans sa direction, je suis méga jaloux. Ses pieds sont égratignés, nus sur le tapis. Jade se cambre. Elle s'ébroue les cheveux. Ses jambes, c'est de la peau, des muscles et des hématomes.

Là, il se produit un miracle.

Son sweat dégringole jusqu'à son coude. La bretelle de son débardeur ondule. Putain. Quand les mouvements des filles les déshabillent, je meurs. Je suis pas un chien, mais cette nana, elle a une énergie particulière. Je sais pas, de la liberté. Ou de la névrose. Ça s'oppose pas. Jade est comme à cheval sur le rebord d'une fenêtre. À moitié *safe*, à moitié en train de basculer.

Sa chanson se termine.

Jade retire son sweat, elle l'abandonne au sommet d'une chaise. J'ai la chair de poule. Ses mains. J'aimerais être ce sweat. Ton sweat. Elle s'approche. Son genou sur le canapé, à cinq centimètres de moi, ses doigts en travers de ma taille. Il est très moulant, son débardeur.

— On va fumer ?

— OK.

Le moment des effleurements. J'avais pas osé le provoquer, grosse *lose*. J'ai repéré le QG des fumeurs. En cuisine, la fenêtre au-dessus de l'étagère à condiments.

— Viens.

Trop de monde, les néons jaunâtres.

À mesure qu'on gagne du terrain, je prie. Mon Dieu est généreux, il m'exauce : un groupe dégage. Je me cale contre le montant, Jade s'adosse à la nuit. Derrière elle, je checke mon reflet. Boucles noires, mi-longues, chemise débraillée, slim. Je suis assez beau, Jade ? Je jette mon paquet de clopes sur l'étagère à condiments. Y a le cendrier – une coquille Saint-Jacques. Des briquets usés, des feuilles, des miettes de shit. Une sculpture de tortue en tortillons de fer, ces machins sur les bouchons de vin pétillant. Jade stabilise deux cigarettes entre ses lèvres. Elle plonge l'index... dans la poche de mon slim. Pour mon Zippo. J'avale ma salive. Elle allume les clopes, m'en tend une. Après, elle chaloupe vers dehors. Tant mieux : elle m'a tué. Je suis aphone. J'aspire une bouffée de tabac. Jade sent la fleur d'oranger. Celle des flacons bleus, au rayon pâtisserie. Elle sent un peu la pâte d'amande. Elle sent les meufs et s'embrasser.

T'embrasser.

En vrai, je suis si soûl que je pourrais. Elle serait d'accord ? Pourquoi elle m'a accompagné ? Revanche sur un ex ? *Crush* ? À ce stade, j'ignore même si elle m'apprécie.

— Ça va, Tim ?

— Ouais.

— T'as l'air sombre.

— Non, ça va.

Elle fronce les sourcils.

— Timothée, je suis nulle en interactions sociales. Heureusement, on a inventé cette pratique : négocier les clauses du contrat. Alors, exprime-toi. Qu'est-ce que tu veux ?

Aphone, désarmé, *dead*.

Qu'est-ce que tu veux ?

Je veux que t'aies besoin de moi, je veux qu'on baise, que chaque minute où je suis pas là soit carrément une épreuve. Déjà, si tu te casses pas de ma soirée, c'est beaucoup.

— On fume nos clopes et je te dis ?

0 h 09

Alex Turner, « Stuck On The Puzzle »

Qu'est-ce que tu veux ? Jamais j'ai répondu à sa question. On m'a taxé une clope, j'ai enchaîné les verres. Et j'ai paumé Jade. Quel connard. Ici, c'est pas le microappart typique, c'est une coloc. Y a trois chambres. On n'a plus le droit d'y accéder : j'ai toqué, on m'a insulté. Ça doit ken. Pitié, mon Dieu généreux, miséricordieux, qu'il ne s'agisse pas de Jade.

Faut que je pisse.

Je titube vers la salle de bains. Carrelage saumon du sol aux murs, des centaines de bidules féminins. Shampoings, maquillage, brosses, fers à lisser-gaufrer-boucler. L'ambiance est sexy, dans cette pièce. C'est le poids de leurs rituels énigmatiques, auxquels on capte que dalle. Les chiottes sont entre le lavabo et la baignoire. Propres, sans tartre, cuvette orange.

J'ouvre ma braguette.

Ça vient pas et j'ai le hoquet.

J'ai paumé Jade.

À l'abri d'elle, je réalise. Elle me manque. Je souris, un connard béat. Allez, je pisse et je la cherche. Je vais déambuler, me tromper de potes, rougir. Croiser des gens par deux. Je vais me demander s'ils vont niquer. Parce qu'il n'y aura plus que ça. Ces vibrations amoureuses.

Crucial, donc, que je récupère Jade.

Ça y est, je pisse. Pile à cet instant, la porte se manifeste.

— Occupé !

Comme je sens une présence, je tourne la tête.

— Jade ?

— T'avais disparu.

J'ai… la bite à la main. Ça m'excite. La faute à l'ivresse. Nous les humains, on se reconnaît qu'à poil. C'est un truc primitif. Quand même, je me resape, j'arrête mes délires.

— T'étais où ? j'interroge.

Jade a toujours les hanches étroites, des épaules menues, des mèches roses et brunes. S'y ajoutent des cernes, des veines dans le blanc des yeux. L'absence de sweat.

— Toi, t'étais où ?

— Nulle part. Toi ?

— Nulle part.

Elle ferme le verrou, je tremblote.

— Je t'ai fabriqué un bateau.

Jade brandit un navire en emballage de chewing-gum.

— T'es du littoral ?

Ce soir, j'excelle dans les phrases d'abruti. Jade hausse un sourcil.

— Non. Enfin si. Les origamis, c'est pas ma came. Sauf les bateaux.

Les lumières s'éteignent.

L'interrupteur est à l'extérieur, ça craint. Y a pas plus craignos que les interrupteurs à l'extérieur. Je respire mal. J'ai pas peur du noir. J'ai peur d'y être avec Jade.

— Timothée ?

— Ouais, je suis là. Attends.

Je dégaine mon portable, le visage de Jade s'illumine de bleu. À son tour, elle saisit le sien. Son fond d'écran, c'est du muguet. Mon téléphone à moi affiche *Rick et Morty*. Du muguet. Plus tôt, Camille expliquait qu'une empoisonneuse foutait la merde à Paris. La Fée Clochette.

Ça tambourine à la porte.

— Oh ! Y a quelqu'un ?

On ne réagit pas, ni Jade ni moi.

On se regarde, nos téléphones en projecteurs.

Elle est bleue, je suis vert.

On s'embrasse.

Nos nez se cognent, nos dents.

La bouche de Jade a une saveur de chlorophylle.

Je voudrais être dans elle, autour, partout.

Mes doigts s'aventurent sur son cou, ses cheveux.

En représailles, elle me mordille la lèvre.

— Je t'emmène chez moi ? elle murmure.

Ses mots ont soufflé de l'air chaud contre mes papilles.

— S'il te plaît, oui.

3 h 03

Édith Piaf, « La vie en rose »

Son appart est mignon. Dans le métro, on a discuté. Depuis que son psoriasis est guéri, elle a souvent des crampes au ventre, genre les angoisses ne faiblissent pas, elles se déplacent, les hommes redoutent les femmes, y a qu'à lire Musset, cette flippe du rejet femelle, les nanas, elles, appréhendent d'être battues-violées-assassinées, si on cultivait les microbes du métro parisien en labo, on aurait un vaccin efficace contre plein de maladies. Contre la mort.

Là, on s'est embrassés. Adieu la philosophie.

Son appart est rangé, en bordel simultanément.

J'observe ses choses.

Elle a des bouquins, des DVD. Plus personne n'a de DVD. *Submarine* de Richard Ayoade, *Virgin Suicides* de Sofia Coppola, *Jeux d'enfants* de Yann Samuell. Des Xavier Dolan et des Tim Burton. Jade remue dans la salle de bains. Elle a dit qu'elle était crevée, qu'elle devait enfiler son pyjama. Se rafraîchir. On s'est coltiné la fin du chemin jusqu'à chez elle à pied. Elle m'a pincé la joue. Puis on s'est couru après et je me suis pendu à des échafaudages. On a chahuté, quoi. Une bagnole a failli nous écraser. Jade m'a poussé pour me protéger. Ça schlinguait le pneu cramé. L'essence. Le conducteur a klaxonné. Nous, on a éclaté de rire. *Sorry*, gars : on est jeunes, on est cuits, on est en parade nuptiale au milieu de ta route.

Sur ses meubles, y a des bougies parfumées.

J'hésite à en allumer une. La frontière entre romantisme et *creepiness* reste mince. Mon Zippo est vide, de toute façon. Je marche, mon crâne tape un bouquet de fleurs fanées. OK. Je plisse les yeux, j'en vois de plus en plus. Et des flacons de parfum minuscules, étiquetés.

La porte de la salle de bains s'ouvre.

Effectivement, Jade est en pyjama.

Traduire jambes nues, culotte, tee-shirt de mec à l'effigie d'Amy Winehouse.

— Je kiffe Amy Winehouse.

Ma voix a chevroté.

— Ah ?

Jade s'écarte de la pénombre.

Son tee-shirt est taché. Des giclées rouges. Qu'est-ce que c'est ? Du sang ?

— Quoi, « Ah » ? Tu la kiffes pas, toi, Amy ?

— Si. Je kiffe aussi Édith Piaf et Elvis. N'empêche que c'est moche. Nous, on fantasme des destins hors normes, de somptueuses tragédies. Ça nous fait larmoyer, c'est cathartique. Putain, Elvis obèse et dégoulinant à Las Vegas… Vive le rock ! Vive la catharsis !

Jade s'irrite. J'entrave pas tellement ce drama. Elle soupire, s'assoit sur son lit.

— Excuse-moi.

— T'inquiète.

Je m'installe à côté d'elle.

— T'as un destin hors normes, Jade ? Tragique ? C'est ça qui te vénère ?

— Pff…

Elle chope un coussin. Uppercut de plumes dans ma tronche. Je sais pas ce que j'ai préféré. Le recul du tee-shirt sur sa cuisse, ou l'odeur du coussin. Ce matin, je l'avais pas rencontrée, cette meuf. Maintenant, il n'y a plus de « avant Jade ». C'est chelou d'être frappé comme ça. Elle a réduit mon monde à ses cheveux roses. Je suis ému à serrer les paupières, je veux coller mon front sur sa poitrine, être rempli de Jade. Qu'elle me suce la pomme d'Adam.

Et on est encore aujourd'hui.

— Je te sers une bière, Timothée ?

Mon estomac proteste.

— T'as des tisanes ?

Jade sourit.

— J'ai des tisanes.

Elle se lève. Ne pas la reluquer, ne pas la reluquer, ne pas la reluquer. La ligne de ses omoplates est jolie sous le tissu. Jade actionne la bouilloire, farfouille dans ses placards.

— Tilleul-menthe ?

— Nickel.

Elle attrape une tasse, elle y verse du sucre, une cuillère de miel. Et elle touille l'ensemble. Je détache mes yeux, sinon, ils vont descendre au niveau de ses fesses.

— Voilà, monsieur Timothée.

Je réceptionne la tasse. Jade contourne le lit et s'allonge. La tisane sent bon. La menthe, l'amande. J'en bois une gorgée, ça brûle. Jade a un bras sous la nuque. Le regard trouble.

— Ça va ?

— Selon toi, ça existe, les univers parallèles ?

— Possible. On rame, en sciences. Ou plutôt, on balbutie. À l'échelle du savoir, la Terre au centre du cosmos, c'est pas si loin. Ou même les dinosaures. Y a deux siècles, on pensait que les fossiles étaient des os de dragons. Ou même… les intestins.

— Les intestins ?

— Y a dix fois plus de bactéries dans tes intestins que de cellules à toi dans ton corps entier. Et ce microbiote commande ta santé, tes humeurs. T'es pas une fille, t'es un écosystème. La science a établi ça récemment. Donc les univers parallèles, *why not*.

— Hmm.

— Pourquoi ?

— Cette théorie me console. Imaginer une Jade miroir qui serait heureuse.

— Tu la remplacerais ?

— Grave. Y avait une semaine parfaite, en novembre. Mon ex était mon mec et pas mon ex. Il venait me chercher à la sortie du boulot, chaque soir. Le quart d'heure où on faisait le trajet, de la boutique à mon appart, c'était cet intervalle où le ciel a des teintes roses. Tous les soirs, pendant une semaine. Des nuages framboise et violets. J'appelais ma grand-mère quotidiennement. J'avais quelques amis, des ambitions. Du stress, mais je m'en fichais. Je gérais, j'étais contente. C'est là que je voudrais recommencer. Ne pas foirer.

— Je t'escorte en soucoupe volante ?

Elle m'adresse une moue triste, je me tais. *Mon ex était mon mec et pas mon ex.* On y est, ça me vexe. À son intonation, j'ai pigé : elle l'aime. Il a de la chance, ce bâtard. Je sirote ma tisane, je m'affale sur la couette. J'ai le tournis. Et mon squelette... il croustille. Pareil que des biscottes. Trop de Kahlúa, trop tard, trop de chagrin pour les homards.

— Timothée ? Tu l'interprètes comment, Süskind ? *Le Parfum* ?

— L'histoire d'un gars qu'a pas d'odeur et qui pique celles des filles.

Je flotte.

Est-ce qu'elle flotte, Jade ?

Son lit est un vaisseau spatial ou je déconne ?

— C'est plus complexe, Tim. C'est un rêve gâché. OK, Grenouille termine son parfum et c'est une merveille. Ça ne résout rien. Ce livre parle de ça. Accomplir ses rêves ne résout rien.

Je suis patraque. Le mal de l'espace ? Clairement, je risque de dégueuler.

Jade conclut :

— La période de bonheur, c'est quand Grenouille est dans sa grotte. Ça fait de lui un monstre ? Y a les meurtres. Et alors ? Est-ce qu'on a besoin de s'identifier aux personnages de fiction ? Besoin que le héros soit gentil, qu'il ne commette pas d'erreurs ? Moi, si j'étais une héroïne, je voudrais qu'on me les pardonne, mes erreurs. Sans elles, le roman serait bidon.

— Jade ? Je suis patraque.

Elle me caresse les tempes.

— Lâche prise…

— Hein ?

Ses lèvres fondent sur ma joue.

Je transpire, j'ai des palpitations.

Et du Édith Piaf dans la tête.

« La vie en rose ».

On l'a évoquée, Édith Piaf, puis les cheveux de Jade sont roses.

Sincèrement, je suis pas bien.

Faut que je dorme.

Jade m'enlace, je me recroqueville contre elle.

Faut que je dorme.

Mon oreille touche son sein, j'entends son pouls.

Je m'endors entre tes bras, Jade, veille sur moi.

Je m'endors avec « La vie en rose ».

Sillage

L'espace d'une minute, Jade eut un affreux doute. C'est qu'Alex souriait, que son sourire la bouleversait.

Elle se racla la gorge.

Sois courageuse.

— Je me confie à toi ?

— Ouais.

— Le parfum, ce n'est pas juste un taf, c'est ma vie. Je crée ma fragrance, là. *Sillage.* Je me suis plantée sur sa nature. Les notes ne symbolisent pas des individus, elles symbolisent des endroits. Toi, par exemple. Ta verdeur, la touche synthétique de tes cheveux. T'es la véranda. Son ouverture sur le jardin, ses vitres enduites de produit de nettoyage. Et vous coïncidez tous. Virginie, ses eaux de fleurs, sa facette crémeuse. C'est la salle de bains. La tubéreuse de Lou, écœurante, fumée, on est dans le salon. On est en face de la cheminée, Mamie vient de poser un vase de fleurs sur la table. Mais… t'as aucune idée de ce que je raconte.

— Hein ? Si, si.

— Hmm. Je n'ai pas fini la formule. Je cherche du café. On va faire un tour dans la cuisine, c'est l'aube. Il me faut un café tendre, des piqûres chocolatées. Adam m'avait plu avec son cuir, la terre. C'est le garage. Les outils qu'on y entasse, la poussière. Même le miel a du sens : Mamie rangeait sa cire d'abeille dans l'armoire cassée, à côté de la réserve à bois. C'est ouf, que j'arrive à en parler. Au passé, je veux dire. Tu ne m'écoutes pas, ça aide vachement.

— Je t'écoute, je t'écoute…

— Mon inconnu au café, je le traquerai bientôt. Puis y a Victor. Victor, c'est ma chambre. Le linge, la peau. Cette amande charnelle. Un verre de lait sur la table de chevet, que Mamie m'aurait préparé. Je suis sujette aux insomnies. Me blottir dans les bras de Victor, c'était m'abandonner dans mon lit d'enfant. Putain, qu'est-ce que je l'aime ! C'est idiot, ça sert à rien d'aimer les gens. Ils sont voués à mourir. Pourtant je l'aime. Bref, ouais, c'était vous. Vous et personne d'autre. Jusque-là, je lisais l'équation à l'envers. Vous ne m'êtes pas tombés dessus par hasard. Je vous ai sélectionnés à l'odeur. De façon inconsciente, j'ai composé *Sillage* dès que j'ai foutu les pieds à Paris. Mon patron validera la mod numéro 33, je suis confiante. Et le parfum sera commercialisé. Perso, je serai en prison. Ou à l'asile en mode lobotomie. Parce que je suis… violente. Je ne sais pas si on naît violent ou si on le devient dans un monde violent. C'est un peu *easy*, d'accuser le monde. La vérité, c'est que j'ai choisi. Je suis la méchante de mon histoire. La vérité, c'est que je chasse pour *Sillage* et que j'adore ça.

Épilogue

Widowspeak, « Harsh Realm »

Ce matin-là, Tim s'éveilla aux aurores.

Aïe ! l'oxygène dans ses poumons. En ce moment, tout était dangereux. Respirer, dormir, exister. Est-ce que des gens expérimentaient ça ? D'un côté, il l'espérait, afin de ne pas être le seul. De l'autre, il ne souhaitait cette déchéance à personne. Tout était dangereux, douloureux, même le positif. Une sale intuition de l'avoir perdu à perpétuité. Tim bâilla, saisit son téléphone sur la table de chevet. *Bonjour Timothée, nous réalisons un reportage sur l'affaire de la « Fée Clochette », nous vous contactons en vue de recueillir votre témoignage, cordialement.* Tim braqua les yeux dans le vide. Du froid troua ses reins. *Niquez vos races.*

Au rez-de-chaussée, sa mère nasilla :

— Mon chaton, tu viens déjeuner ?

— Plus tard.

Pas la bravoure de s'extraire de son lit. De sa chambre. Tim était là, pas là, les heures mouraient par volées de six. Il reposa son portable, qui buta contre une peluche. Son Popples, une bestiole capable de se ratatiner dans sa poche dorsale. Des larmes coulèrent sur les joues de Tim. On lui avait menti. Les jouets, les bonbons, les dessins animés. *On t'aime, chaton. On te protège.*

C'était quoi, le problème ? Grandir ? Son caractère ? Sa génération ?

Ou le fait qu'une fille aux cheveux roses l'ait empoisonné ?

No idea.

Grandir. Tim refusait d'appartenir au club des adultes. Quand il était sorti de l'hôpital, deux mois auparavant, son infirmière avait employé le mot « résilience ». Papa et maman l'appelaient « chaton », ils lui cuisinaient des pancakes à la banane. *Tu surmonteras ce traumatisme.* L'an dernier, un de ses profs avait clamé : *S'inquiéter, c'est souffrir deux fois.*

Prix Nobel de médecine monsieur le professeur.

Résolution planétaire de l'anxiété.

Merci les baltringues.

Tim ne nourrissait pas de rancune envers les optimistes ; mais pitié, qu'ils lui fichent la paix.

*

La pause de midi s'annonça enfin.

Bastien épousseta son tee-shirt, son jean. Il empila les livres qui traînaient hors des rayons, verrouilla la serrure de la librairie et baissa le store. Sur la vitrine s'évanouissaient des branches de glycine, malmenées par la canicule. L'air des rues était pouacre, saturé de transpiration.

La librairie rouvrait à quatorze heures ; Bastien devait *speeder*.

À mi-chemin, il fut en nage.

Le rendez-vous restait ponctuel au début, puis il s'était mué en habitude. Lou avait besoin de soutien. Donc Bastien s'échappait du taf et la rejoignait, il lui faisait à manger. Aujourd'hui, il avait songé à une omelette et du gingembre confit - des aliments digestes. Le soir, Sibylle s'y collait. Ou Diane. Ils la dorlotaient, ils étaient ses amis. Bastien toqua à la porte.

— Ouais ?

— C'est moi.

— Entre.

Lou matait le plafond, avachie sur son canapé. Un bras vers le sol, le deuxième dans ses boucles. Elle avait maigri, sa peau était translucide. Souvent, elle zappait les repas.

— Ça va, Lou ?

La jeune femme se redressa. Quelle question. Ses potes s'occupaient d'elle, continuellement. Ils aspiraient à sa « guérison ». Guérissait-on d'avoir été assassinée ?

— Lou ?

— Ça va.

— On bouffe ?

— Vas-y.

Lou observa Bastien, qui savonnait une poêle dans l'évier. Sweeney Todd ronronnait à ses chevilles. *Ça va.* Lou en avait marre, de le rabâcher. Elle ignorait s'il s'agissait d'un mytho. Disons que chaque jour paraissait être dimanche. Que ça la fatiguait, de sourire, penser, ne pas penser. Mesurer son éventuelle responsabilité dans le pétage de plombs de Jade.

— Une omelette, mademoiselle ?

— *Yes.*

Bastien la choyait, elle était sa patiente.

Cette convalescence voulait durer une vie. Ni la camomille, ni la sauge, ni la méditation n'y changeraient rien. Peut-être que c'était de la saloperie, d'ailleurs ? Les plantes, le féminin sacré, le développement personnel ? Des arnaques ? *Sois la meilleure version de toi.* Meilleure que qui ? Et pourquoi ? Stop. Ça la soûlait, ces cajoleries. Les messages éplorés de sa famille. *Prends soin de toi, Louloute.* Toutes ces mines compatissantes, les paquets de mouchoirs qu'on lui achetait. Lou ne se sentait pas déprimée. Au contraire, elle avait soif de musique. Soif de se baigner nue dans un lac, ou même dans la Seine, qu'est-ce qu'on s'en foutait ? Soif de baiser des types qui ressemblaient à Jesse. Soif de grimper à l'arrière de leurs scooters pourris, sans casque. Soif de disperser ses *bad vibes* dans la nuit. La nuit pourrait encaisser.

*

— Des rubans ?

— Bof, non…

Alex s'efforça de sourire, tandis qu'il emballait l'orchidée en pot. Ce client était un débile, le troisième débile de l'après-midi. Remarque, un simple *bonjour* lui tapait sur les nerfs. Bizarre, il se considérait *peace*, normalement, un garçon désinvolte. Les maux de ventre étaient-ils à blâmer ? Alex scotcha une étiquette Pollen & Bourgeons sur le film plastique.

Il galérait, s'agaçait.

C'était ce soir, le lancement. Ce soir que son enculé de père allait… putain. Zacharie lui avait téléphoné, à l'hôpital. Alex avait dit non à l'infirmière, sa mère sanglotait. La semaine suivante, il avait reçu une lettre. *Fils, le politiquement correct n'a pas sa place en parfumerie.*

E-n-c-u-l-é.

Alex se reconcentra sur la boutique, s'éclaircit la voix.

— Les orchidées, c'est beaucoup de lumière. Pas de soleil direct. Y a des engrais spéciaux, je peux vous en proposer un flacon ?

Le client vissa les poings sur son bassin. Des gouttes de sueur maculaient ses tempes.

— Ne vous embêtez pas. C'est un cadeau pour ma belle-mère.

Les sourcils d'Alex se froncèrent.

Mille détails enflaient. Le tic-tac de la pendule – 14 h 49. À travers la vitrine, les lueurs blessantes du ciel. Le crépitement des bouquets, des bibelots. L'autre gros cochon qui ruisselait.

Son expression hagarde.

Son tee-shirt orange.

Ses dents.

Ne vous embêtez pas. C'est un cadeau pour ma belle-mère.

Alex s'entendit ricaner.

— J'avoue. On s'en cogne ?

Une fraction de seconde. Les phalanges d'Alex sur le film plastique, élan au niveau de l'épaule. Le pot rasant de près le crâne du client, puis se fracassant contre le mur. Explosion, terre brune, débris de céramique au sol. L'orchidée piteuse. L'haleine du gros cochon, son pouls.

Secoué, il quitta la boutique.

Alex, lui, se roula une cigarette ; ses doigts tremblaient encore.

*

Adam trempa son spéculos dans son café, le porta à ses lèvres. Ramolli, le biscuit s'émietta sur sa langue, y répandit son arôme cannelle. De plaisir, Adam ferma les yeux.

Delphine, à l'inverse, maintint les siens écarquillés.

Elle scrutait son mari. L'été ocre dans ses cheveux, son blouson en cuir sur le dossier de la chaise, les poils de ses bras, certains lacés au bracelet de sa montre. Sa carrure, ses mains.

L'extraordinaire taille de ses mains.

— C'est bon ?

— Très, postillonna Adam.

Delphine se souleva, lui essuya la barbe.

— Ne parle pas la bouche pleine.

— OK.

Adam lorgna le chocolat sur sa soucoupe à elle.

— Je… ?

— Vas-y.

Ravi, il s'en empara et croqua dedans. Delphine gloussa. Son homme aux mains géantes adorait le sucre, pire qu'un gosse. L'idée s'était imposée en juin : instaurer un goûter en terrasse, hebdomadaire. Ainsi, il se gavait de gâteaux, et elle, elle se gavait de ses mains.

Adam allait mieux.

Il y avait eu le lavage d'estomac, le séjour en réanimation. Puis les médicaments, le repos à la maison. L'enquête, aussi. Le commissariat, des groupes de flics, huit séances gratuites chez un psy. L'indécence des médias. Avec le vacarme autour du parfum, ils s'acharnaient.

La famille tâchait de passer outre.

Adam allait mieux, Delphine s'arrimait à ça.

Néanmoins, cet incident l'avait endommagée. Ça allait, d'accord, et si demain ça n'allait plus ? Cette menace rôdait en permanence. Elle l'empêchait de boire son café, l'empêchait de tout.

Adam sentit le trouble de sa femme.

Il attrapa son blouson de cuir, le poignet de Delphine. Elle résista un peu. Il la connaissait par cœur, elle se retenait de pleurer. Adam posa une pièce sur la table et se mit debout, attira Delphine contre lui. Elle cessa de résister. Ensemble, ils arpentèrent la ruelle pavée. L'endroit était coquet, un aperçu des vacances. En août, Adam emmènerait les filles et Delphine au Pays basque, à Saint-Jean-de-Luz. Ils feraient de la moto, des visites, du surf. Loin de Paris.

— On rentre, ma puce ?

Delphine se cramponna à son coude. Parfois, Adam réfléchissait à cette gamine, Jade. Plus âgée que Fanny et Enora, pas énorme. Au fond, il avait de la peine pour elle.

— Adam ?

— Hmm ?

— Je t'aime.

Devant eux, leurs ombres mêlées découpaient le trottoir.

Adam se félicita d'avoir épousé Delphine, et d'avoir survécu.

*

Zacharie réajusta son nœud papillon. Il était 20 h 13, le lancement commençait à vingt et une heures. D'un pas brusque, il sillonna la boutique. L'élite parisienne serait présente. Ses concurrents, les critiques, des mannequins, les actionnaires, plusieurs actrices, des journalistes.

Qui raterait la soirée la plus polémique de l'année ?

Du bruit, Zacharie s'étonna de sursauter.

— Et les macarons aux amandes ?

— *Ils seront prêts, on est désolés.*

Darius sermonnait le traiteur par téléphone, voilà.

Zacharie lissa ses cheveux.

La boutique affichait les couleurs de *Sillage* : du mauve, du gris perle. Cent flacons décoraient les rayons. Montées sur pendentifs, leurs miniatures étaient à disposition sur des plateaux argentés. Dans trois vases en jade chinois se mélangeaient amandes, fleurs de prunier et grains de café. Des pétales jonchaient le parquet, les invités retireraient leurs chaussures.

Ce serait tumultueux ; Zacharie ne culpabilisait pas.

Selon lui, les notions de bien ou de mal demeuraient arbitraires. Des illusions. On ne pouvait juger un événement qu'à son intensité, à ses résultats. En somme, les choses étaient ce qu'on en faisait. Soit on ployait dessous, soit on en arrachait de la grâce. *Idem* en parfumerie. Nulle note à jeter, ou qui « empesterait ». Il suffisait d'avoir le culot des alliances.

Jade.

Comment articuler un verdict sur Jade ? Son parcours ? Six victimes, six empoisonnements. Pourquoi ? Tuer, vraiment ? Sublimer ? Capturer en flacon ? Tant de journalistes mentionnaient sa « chute ». Zacharie fantasmait plutôt une ascension. Son apprentie... Son apprentie s'était frottée aux odeurs, laissé brûler et consumer par elles. De ce brasier naquit *Sillage*.

La fragrance était voluptueuse, létale, impénitente.

Un chef-d'œuvre.

Ça, ça ne comptait pas ?

Ah, l'hypocrisie de l'opinion publique. Les poètes se suicidaient, les peintres se mutilaient, les Sept Merveilles avaient été érigées sur le sang des esclaves. Les gens se délectaient moins de l'art que de son drame, n'hésitant jamais à traîner les artistes dans la boue. Pourtant, on pouvait les admirer sans valider leurs actes. Mais non, cette époque prônait le manichéisme. On réagissait de manière immédiate, épidermique. On conspuait, sans recul ni nuance.

Monsieur Mignard, un commentaire sur les atrocités perpétrées par la Fée Clochette ?

Monsieur Mignard, vous comprenez l'engouement autour de Sillage *?*

Monsieur Mignard, n'avez-vous pas honte de ce parfum ?

Monsieur Mignard, vous nous offrez un flacon ?

Monsieur Mignard, votre fils ?

L'hypocrisie.

Propre aux chiens et aux médiocres.

Ce soir, Zacharie assumerait de leur cracher à la gueule.

Il ne condamnait pas Jade. Il défendrait son travail, quelles qu'en soient les conséquences. Déjà, ça lui coûtait sa relation avec Alexandre. *Sillage* avait un prix : celui du sacrifice.

*

La brise traçait des volutes dans les frondaisons. Maintenant que la lune brillait, les arbres exhalaient leurs effluves chauds et mousseux. La sève suintait des écorces, les insectes bourdonnaient. Bientôt, des chauves-souris les chasseraient, planeraient en les avalant, zigzagueraient entre les grilles rouillées. Près d'une racine atterrit un merle. Il creusa la terre de son bec, à la recherche de lombrics. L'oiseau fut dérangé par la bascule d'une feuille et battit des ailes. La feuille, elle, virevolta. Des pirouettes à gauche, des pirouettes à droite. Dans sa course, elle heurta un bloc de marbre orné de fleurs et d'objets en porcelaine.

La tombe de Virginie.

*

— Frérot, t'as pas une clope ?

Victor s'arrêta sous un lampadaire, étudia les trois types. Cet été, il en bavait violemment. Ce n'était pas un choix, il subissait. D'abord, la résurrection, puis foirer ses partiels. Ruminer. Victor ne contrôlait plus ses émotions. Il ne contrôlait rien. Ça saccageait ses théories.

— T'as capté ? On t'a demandé une clope.

— Je vous la joue à la chance ?

— Hein ?

Victor approcha. Il essaya de délimiter les visages. Échec : la nuit était trop noire, et lui trop bourré. Semblaient-ils hostiles ? Probable. Ça excita Victor, il se balança sur ses Converse.

— J'ai un domino dans la poche. Si vous devinez les chiffres dessus, je vous lâche une clope.

Ses veines pulsèrent.

— Si vous devinez, je vous lâche même mon téléphone…

Le chef de meute avança.

— T'es un comique, toi.

Victor s'inclina en une révérence.

— À ton service. Alors, vous jouez ?

Il glissa le poing à l'intérieur de sa poche, ses doigts frôlèrent le domino. Silence.

— Alors ?

Les types furent surpris par son haussement de ton. Ils se crispèrent.

— C'est un baisé, lui…

— De ouf.

— Vas-y, le double quatre !

D'un geste théâtral, Victor brandit son domino.

— Messieurs, je suis au regret. C'était le double blanc.

L'un d'eux tendit la main.

— Fais voir, ton machin.

— Ne me touche pas.

Victor se déroba. Il avait murmuré. Dedans, ça bouillonnait. En face aussi.

— Bon. File une clope, magne-toi !

— Ouais, tu casses les couilles.

En hauteur, la lune se dégageait des nuages qui l'étouffaient. Sa splendeur, bordel.

— Hé ?

Sans décrocher les yeux de l'astre, Victor rétorqua :

— Je ne peux pas vous filer de cigarettes. Ni mon *phone*. Vous n'avez pas deviné. J'ai gagné. C'est à vous de me filer un truc.

Les membres de la meute s'esclaffèrent. Ça emplit Victor de joie. L'urgence de l'altercation.

— Tu veux quoi, ducon ?

— Hmm... ? Vous me sucez ?

Le premier coup fusa, raide et acide. D'autres lui succédèrent. Une pluie de chair, de baskets. Victor hurla, s'écroula sur l'asphalte. De sa bouche jaillit du rouge, il éclata de rire. Plus la meute frappait, plus Victor rigolait. Ils se lassèrent. Ou s'effrayèrent.

— Allez, il est perché...

— On bouge !

Victor toussota, adopta une position fœtale.

Alentour, un froufrou s'installa. Mix des lampadaires, de la lune, des moustiques. Victor épongea son sang du revers de son tee-shirt. Puis il croisa un bras sous sa tête, extirpa ses clopes de son jean et en alluma une. Aucune nécessité de se relever, pas tout de suite. C'était paisible, l'horizontale. Victor ressentit ses hématomes, les plaies sur ses gencives, les fêlures de son squelette. Le souffle du vent caressa son corps, éparpilla ses cendres et sa fumée.

Il se calma.

OK, Jade l'avait empoisonné ; OK, il l'aimait de son cœur entier.

Pas grave, l'aube finirait par poindre.

Putain. Il aurait pu être avec elle, là. En Bretagne, leurs épidermes caramélisés. Elle l'aurait conduit sur ses plages secrètes, quand les touristes dorment et que l'orage gronde. Oh, nager, s'embrasser, la mater rire. Il aurait ramassé un coquillage, le genre de talisman qui signe une nuit parfaite, il l'aurait gardé à vie. Dans sa poche, ça aurait remplacé les dominos.

La Jade d'avant les cheveux roses, d'avant lui.

Victor nota une zone humide à la lisière de son cou, l'explora de l'index. C'était la miniature de *Sillage*. Le verre du pendentif avait dû se fissurer pendant la bagarre. Délicatement, le parfum humecta sa peau, ses mèches blondes, le trottoir.

Victor prit une profonde inspiration.

Il sourit en découvrant l'odeur de *Sillage*.

Et ses cils écrasèrent une larme.

REMERCIEMENTS

Merci à Jeoffrey Cotton.

À force de te remercier, je ne sais même plus pourquoi je te remercie.

Tout, peut-être ?

Merci à Daphné Couvert.

La déesse intérieure, le *crush* secret, nos putains de chakras.

Non, vraiment, sans toi c'est sans intérêt.

Merci à Vincent Mondiot.

On *phone* vite fait ? Promis, ça durera moins de quatre heures.

Merci à Lolita Silveri.

Ton lac, Farinelli, les choses cosmiques et le tarot.

C'était écrit.

Merci à ma Julien Cavillon.

J'ai dû te voler quelques trucs bicolores.

Merci à Céline Bouju.

Pour l'œil si juste, la patience et la loyauté.

RÉFÉRENCES

Littéraires

— Patrick Süskind, *Le Parfum*, 1985

— Charles Baudelaire, *Les Fleurs du mal*, 1857

— William Shakespeare, *Roméo et Juliette*, 1597

— Albert Cohen, *Belle du Seigneur*, 1968

Audiovisuelles

— Ryan Murphy, *American Horror Story*, 2011

— Shawn Simmons, *Wayne*, 2019

— Sam Levinson, *Euphoria*, 2019

— Ridley Scott, *Thelma et Louise*, 1991

— Alfonso Cuarón, *Harry Potter et le Prisonnier d'Azkaban*, 2004

— The Wachowskis, *Matrix*, 1999

— Martin Scorsese, Mick Jagger, *Vinyl*, 2016

— Justin Roiland, Dan Harmon, *Rick et Morty*, 2013

— Richard Ayoade, *Submarine*, 2011

— Sofia Coppola, *Virgin Suicides*, 1999

— Yann Samuell, *Jeux d'enfants*, 2003

Musicales

— The Brian Jonestown Massacre, « Tombes Oubliées », *The Brian Jonestown Massacre*, A Records, 2019

— Black Rebel Motorcycle Club, « Killing the Light », *Baby 81*, RCA Records, 2007

— Mazzy Star, « Fade Into You », *So Tonight That I Might See*, Capitol Records, 1993

— Jack White, « Love Interruption », *Blunderbuss*, Third Man Records, 2012

— Nirvana, « Love Buzz », *Bleach*, Sub Pop, 1989

— Lana Del Rey, « Lolita », *Born to Die*, Interscope Records, 2012

— Radiohead, « Just », *The Bends*, Parlophone, 1995

— Poppy Fusée, « Pesanteur », Un Plan Simple, 2021

— Vera Lynn, « We'll Meet Again », Arthur Young, 1939

— Maroon 5, « Animals », *V*, Interscope Records, 2014

— Mirah, « Special Death », *Advisory Committee*, K Records, 2002

— The Neighbourhood, « Silver », *#000000 & #FFFFFF*, Columbia, 2014

— The Zombies, « Can't Nobody Love You », *The Zombies*, Parrot Records, 1965

— Muse, « Sing for Absolution », *Absolution*, Taste Media, 2003

— Marcy Playground, « Sex and Candy », *Marcy Playground*, Capitol Records, 1997

— Eels, « That Look You Give That Guy », *Hombre Lobo : 12 Songs Of Desire*, E Works, 2009

— Cassius, « I <3 U So », Ed Banger Records, 2010

— Alex Turner, « Stuck on The Puzzle », *Submarine*, Domino, 2011

— Édith Piaf, « La vie en rose », Columbia Polydor, 1947

— Widowspeak, « Harsh Realm », *Widowspeak*, Captured Tracks, 2011

Ouvrage composé par
PCA – 44400 Rezé

Imprimé en France en septembre 2022
par l'Imprimerie Maury S.A.S. à Millau (12)

N° d'impression : H22/71626S
S32071/61

PKJ • www.pocketjeunesse.fr
POCKET JEUNESSE

92, avenue de France – 75013 Paris